麻躐者與海

Marine

跳舞鯨魚 著

麻豆者，海洋的子民，傳說大都由臺南上岸，最終離散各地。

【推薦序】鯨魚在跳舞，尋海的人沒有停止

文／國立臺中科技大學應用中文系教授　林翠鳳

很多人都說臺灣像是一顆番薯，我說，臺灣更像是一尾鯨魚，沉浸在浪盪的海水中，面向遼闊的大洋，彷彿隨時都可以游開，逍遙而去。

從臺灣遙望東方，是幾百倍於臺灣面積的太平洋，這是兩千多年前的歸墟。《列子・湯問》篇記載著：「渤海之東，不知幾億萬里，有大壑焉。實惟無底之谷，其下無底，名曰歸墟。」

天下江河千萬條，滾滾涓涓都匯歸到這不見底的大深谷，正是「海納百川，所以成其大的典型。」臺灣，就位於歸墟邊沿上，是太平洋島弧上最搶眼的鯨鯤。

據說，南島語族從這裡出發，划向了南極前哨的紐西蘭，向西划抵了非洲大陸旁的馬達加斯加，也飄過萬里大洋，向東來到了南美洲復活節島，多遼闊的藍色海洋！多翻騰的驚滔駭浪！遙想古老的年代，不算太大的鯨魚島，小小少少的人們，好多的驚嘆號！

在好久好久以前，臺灣島上有人，在海的寬容裡，在島嶼的微笑中。經歷過聰明的石器時代，跳耀在驚喜的金屬時代，還樂天地優遊在穩定的農業時代。直到現在，山川還保留著古老的密碼，我們的語言裡還盪漾著海味。然而太祖先們的軌跡遙遠得有些模糊，子孫們試著從回憶裡找脈絡，試著回到海洋裡尋些風雲。我們踏尋來處，好告訴未來，在這島嶼一脈相承。

跳舞鯨魚以尋海人的身影，引導著回游海洋，瀏覽福爾摩沙的美麗與滄桑，前世與今生。攀行到土地，經過漁村、港口、山巔，駐足鹽田、沙洲、林場。又跟進旅人的蹤影，追著郁永河、甘為霖，還有揆一，按圖索驥的前進，一探究竟。還翻閱了《臺灣府志》、《島夷志略》和《臨海水土志》，認真的考察，加以比對。為尋出生命的歷史，最初的歷史與迤邐的生命。

鯨魚在跳舞，尋海的人沒有停止。平埔的輪廓越來越清楚，山與海的座標，人與事的曲線，拼接一片片你妳我我的記憶，窩進傳說故事裡感受島嶼的深層溫度。搜尋祖先的足跡，像一場密室遊戲，元素都在，而眼光如何著落。

跳舞鯨魚隨筆漫遊，星月花草盡落書田中。《麻轆者與海》揭示了平埔的集體潛意識，提點著臺灣的生命光度，燦燦地鋪陳在山海之間，輕巧地穿梭於今昔之內。福爾摩沙在口說言傳中，續命；臺灣在字裡行間，傳承。

依循著再走一回，雖然荷蘭人和鄭成功都走遠了，捕魚再也不用磺火了，還好，阿立祖的花瓶還很莊嚴，西拉雅有了自己的園區，蔦松文化是嘉南平原的驕傲，而蜂炮比起從前加倍猛烈了。更慶幸的，茄苳樹依然老神在在，一代傳過一代。

鯨魚繼續跳舞……海波蕩漾，陽光燦爛。

《麻蹤者與海》值得福爾摩沙的大小孩子們，一起追步，攜手尋訪……。

【推薦序】我不是魚，但我在海中

文／兒童文學作家　妍音

我不是魚，對於海洋一向了解不深。

小時候，住家臨近的不是一座海港，只是一條河，一條流經整座城市的河。那時的我太小了，完全不知道河的最終歸屬是大海。我不曾想過探究大海的面貌，或者只是欣賞海港的媚態，我純然沉浸在川水潺潺而去的美麗之中，這樣看起來，我應是喜歡水紋的孩子。

這樣的我，僅僅心安於一條河川，甚至是一條圳溝而已。有一幅畫始終鐫刻心板，我在橋上倚著俯視川底洗著鍋碗瓢盆或衣物的婦人，以及她們帶著正與水玩著的孩子。我從來是遠距看著望著羨慕著，一次也不曾下到川裡入畫。垂髫八歲的夏天，水流一般的人生，我家從中區遷徙到西區，賃居在臺中區農業改良場的邊陲，之前戀慕的那川也一路蜿蜒至那附近，可我再不是尋著那條有名的川而去。

我似水，宛如寄生一道溝渠的水滴，伴隨許多不同水滴隨波逐流，循著一個方向延展出一條路徑。然後，長長兩個月的暑假，我與圳溝裡點水的蜻蜓融為一體，我是水我是蜻蜓，然而我仍是我，無論我再如何全神貫注於溝裡輕歌漫舞的蜻蜓，無論蜻蜓再如何不懼我願與我相親，我依舊是蜻蜓眼中異種不同類的龐然大物，但也決計不會被蜻蜓視作是圳溝裡的小魚，甚至遐想成悠遊海洋的魚種。

可我當真泅泳在海洋之中啊！

我極喜愛的一首歌〈海角天涯〉，每每去ＫＴＶ必點，「我問過海上的雲，也問過天邊晚霞，何處是大海的邊緣，哪裡是天之涯……」同一歌者的另一首歌「秋水長天」亦是教人心間點點溫暖，即便「……秋潮向晚天，依舊是蘆花長堤遠，多少雲山夢斷，幾番少年情淚，盡付與海上，無際風煙，早化作遠方漁火萬點……」女兒則是喜愛原住民歌手唱紅的〈聽海〉，「寫信告訴我海是什麼顏色？夜夜陪著你的海心情又如何？灰色是不想說，藍色是憂鬱……」關於海的歌非常非常多，是不是每個人的心底都住著一座海洋？無論他來自港邊，或從小在山林裡長大，海都在靈魂深處湧動。

輾轉人生旅次，離開所來處那一條美麗河川（日治時期夾岸綠柳，戰後遍布吊腳樓違章，如今類韓國清溪川景致），在還未沿著那川走向出海口的年歲，我便已落籍在本島最大海港城市，命運領著我親近海，嗅聞海的氣味。原來，空氣中鹹濕的感受，只因那是來自大海的消息，一如人們滿心愁緒，傷懷自然改變令眼眶盈滿了淚水。

由中部南來後，我在瀉湖搭過竹筏，與海做最親近的接觸，微微緊張中暗藏幾分趣味。我去過七股，喚做五嬸的海產店沒招牌，是巷仔內的熟客才知的去處，料多實在，真正的俗閣大碗。我也隨著姊姊、姊夫去過北門、將軍，那許久許久以前的昔時之港。

人因事因時而異動，地景地貌不遑多讓，更是因地殼變動因潮汐水流而有轉變，島嶼西部海岸過去大大小小河港無數，莫說新世代多不清楚，有些甚至我也茫然無所知。我是直到某一日才恍然大悟，萬丹港不在屏東，萬丹港所在是今日左營海軍軍港。

有些地點與地名其實本無關，常因個人認知誤解了，如同我曾經將小時候忒依戀的柳川出海口，誤想做母親曾提過的塗葛堀港，其實塗葛堀港位於大肚溪口。只如今誰又知道曾經是中部僅次於鹿港的第二大港，塗葛崛港，何去了呢？

島嶼西部河港的消失，滄海桑田是其共同宿命，任誰都無法抗拒。再深入細究，關於塗葛堀港，大約連母親也只是在她兒時聽過而已，畢竟塗葛堀港早在西元一九一二年（大正元年）七月，因豪雨成災致使大肚溪暴漲，大肚溪下游河道北移，塗葛堀港及附近村莊已全數流失，僅僅殘留了溪北的水裡港（今日麗水漁港）。

多少年了？百年一瞬，港已非港。可島嶼依然四周環海，或許有人仍想好好探究飽藏了生命起源的海域。大半歲月在港都生活的我，搭渡輪去旗津，搭捷運去香蕉碼頭；或是在地走踏，或是參加喜宴，海環抱著我、溫潤了也屬鹹味的血液。

在海港城，我也戀著一條河，整治完成後，便去搭乘了愛之船，然後一路笑聲哼著〈愛在沸騰〉，「……愛把困苦化為富有，事實可以證明它，人間在愛的交流中繁華，朋友在愛的引導下融洽，愛把淚水化作歡笑，不是流傳的神話……」

或許有傳說有神話，但生活不是，主婦的我仍然在柴米油鹽中打轉，飲食營養得顧到均衡，而蛋白質的來源部分依然仰賴著魚，即便魚的種類頗多，我家仍偏愛虱目魚肚，無刺虱目魚肚，乾煎或佐鳳梨豆瓣清蒸都是配飯上選。

數十年過去，對海洋的認識仍舊粗淺，倒是多了很多喜歡，可我終究不是魚。

【推薦序】潮聲下的潛航

文／散文作家　張欣芸

海洋鹹澀的氣味飄盪在文字裡，跳舞鯨魚的散文集《麻躐者與海》，以〈潛海〉為開端，〈靠岸〉為結尾，字裡行間流動著浪潮的詩意，潮起潮落間，那些關於海洋的古老傳說、奇幻神話、父系與母系的家族史、童年往事，彼此縱橫交錯，互為經緯，成為一卷穿越不同時空的航海輿圖。

她在後記上寫著：「生活，是世界上每一段生命致力書寫自身的記錄。」

在鹽水生長的她，沿著海洋的藍色臍帶，泅泳在海洋有關的記憶裡，追溯生命的源頭，重新凝視過往足跡，展開了這趟尋海之旅。

南島語族的航行遷移，倒風內海的滄海桑田，西拉雅的祖靈與祭儀，一一浮現，閃動著粼粼波光。爬梳歷史文獻、地誌，尋向所誌，這趟旅程，像沿著綿長的支流，溯洄從之，道阻且長。她張開文字的網，打撈生命中與海洋有關的記憶碎片。

「我的人生很可能是一艘漁船，是那種近海捕撈作業的小船，很脆弱但堪能使用，幾乎是本能，就能找到溪水流動的方向，多半是舊日的港道，是廢棄的支流，是改道後的封閉水域，我還是能持續在溪水、大排和水溝裡，找尋出航的方向。我母親希望我停下來，離開那些所謂的舊日港道，我還是繼續走，彷彿那是生命的必然。」

沿著記憶不斷往下潛行，海洋，蘊藏在基因密碼裡，化為拍打著礁石的潮汐，日夜敲擊心扉召喚著她，成為創作源頭，汩汩湧出帶著潮水氣味的文字。

「海水送來祖先，西拉雅夜祭中的牽曲，是歌詞，是故事，是無法忘記祖先，還是無法忘懷海。南島語族的社會認為靈魂的故鄉就是海，意外死亡的靈魂遺體必須送回海洋，海洋在西拉雅的世界是住著最高統治神的地域，那裡象徵死亡也寓意新生。」

海洋是靈魂最後的歸所，記憶與遺忘，死亡與新生，啟航與歸航，在浮與沉之間，祖譜上模糊的身影，開始有了輪廓，漸漸清晰，那些被時光湮沒、被人遺忘的名字，因為書寫而被賦予了血肉，再度擁有了靈魂。

「農村、河港和海岸……我覺得有人在呼喚我，我持續往海的深處下潛，我彷彿又看見我最想念的老家景象，仍在海底的某處被固定，我一直朝那個空間游了過去。

我眨眨眼後，自己驀然就化身為鯨魚。我依然在福爾摩沙的某處辛勤工作，用龐大的身軀，難以駕馭的雙鰭。所有人都盯著我看，彷彿知道我是一尾不知為何化身的鯨魚。」

麻躐者，在海洋的召喚聲中，穿過歷史的迷霧，時間的座標，在湧動的潮聲裡，一躍而下，化為鯨，沒入一望無際的汪洋，航向內心深處，向未知處潛行。

目次

最初

大部分時候，多數人都一樣，在室內的空間度過一日又一日，感受著空間內部的安全感，以遮蔽雨水所帶來的寒冷，抵擋風和濕氣的侵襲，日光的猛烈也無法完全滲透室內，無論那室內空間是間沒有門或沒有窗的工作寮，是公車站，是田邊僅容納三、四個人旋身的小廟，還是看似早已荒廢的活動中心。

活動中心的鐵門顯現著脆弱的棕褐色，那些是氧氣和水停留過久的痕跡。風持續颳動，沙沙聲流失，鐵門逐漸空洞的活動中心宛如洞穴，殘存的鐵門好似枯木乾草，搖曳在歲月堆積起來的石塊、石子和石屑，那樣一座生鏽的鐵門逐漸湮沒室內空間的入口。什麼時候開始沒有人再進入，就像人類終於離開洞穴。遙遠海水在近海漁村、養殖業鄉鎮、鹽鹼地農村的邊界，如同巨大森林環伺著，一座人

類想盡辦法開墾而藉此依存的人造空間之外。

走出曾經居住過的遙遠預示，洞穴給了人類安全室內空間的基本象徵，如同現代人居住處所。差異點是四四方方，是剛硬的模樣，是木屋，是紅磚房，是公寓，是別墅，是小如籠子般的房間，有著一扇門阻隔掉外在某種連結。跟其他人的相連，跟社會，跟更大的環境生態，過著以為沒有連繫的那種單獨一人生活，在自己的房間內，用著從很遙遠地域牽引至管線的自來水。

轉開水龍頭，刷牙，洗臉，關上水龍頭，點起微弱光源的夜燈，以為寐中，就什麼都不再彼此有所關係。那外頭的電線搖曳，躺在床上的那人，身上的衣物是遙遠國界的產物，用來洗衣服的洗衣精出廠後，坐船環繞大半個地球，才抵達那人的浴室。就連那人自己高挺的鼻子和深邃的眼眶，都可能是來自幾千年前，某個人曾經駐足，而遺留在那人家族基因中，漸漸顯現。

這世界上每分每秒究竟造就多少無數的關連。在看似再平凡不過的蚵架上，認為蚵苗幾乎不會動，是海在搖晃，海載浮載沉著蚵苗抵達蚵架，蚵苗是否真獨自就在那蚵田中，在近海，然後長成多數人都很熟悉的模樣。會被誰吃掉？為什麼長得結實精壯卻不肥大？又是如何到達島嶼近海？人工蚵苗的由來？蚵的左殼比右殼大。現在吃的蚵源於歐洲，不可能像太平洋牡蠣那般無止盡生長成巨大的模樣。牡蠣也不應該被稱為牡蠣，蚵本來就有公母之別。石蚵很小，並不會長成「蠣」般巨大。在新石器遺址中貝塚的牡蠣殼，是太平洋牡蠣還是葡萄牙牡蠣？彼此關聯著，某次旅行、某段故事和某種緣分，由海開始。

《小琉球漫誌》記載海是芒的發音，《諸羅縣志》記錄海稱為麻溈，海在古語言中多數發音以

Ma開頭，像是母親。是否已經完全脫離海的臍帶？當海引領著多少生命開始旅行在地球上，駐足，逗留，停靠，直到生命各自找到，不知是被迫或是終究得逃亡的地域，生命那賴以維生的室內空間意象，根源著曾被包裹的感觸，無論是在身體還是心靈，始終回憶著，可能跟海有關的生命旅行。

無論海是否為「桃花源」，這是一趟尋路旅程，「尋向所誌」，探源之路是否出現，或者「遂迷不復得路」。海是否存在著路，有無通道，當茫茫大海在眼前展開，無論從哪個方向都彷彿可以進入海的場域，然而海下的暗流又欲往何方。

第一部

福爾摩沙傳說棲息在大洋的邊緣，像一隻巨大的海中生物。福爾摩沙的故事廣傳在神父、牧師、傳教士和商務公司人員的世界，他們說那島上有男女人魚、人首鯊魚、幽靈般的鯨魚和人型野獸。他們說福爾摩沙島嶼地震的時候，會出現獨角獸。他們也說過那島上的天災就像是大瀑布從天而降。他們說島上的人掛著鈴鐺，滿山跑出叮噹響。他們說那裡的女人比男人矮很多，卻出奇的美麗。他們有的形容那裡的男男女女都有著白皙的肌膚，有的則稱福爾摩沙的女子比男子顯得黃褐色。福爾摩沙上的南北福爾摩沙人，在他們眼中是截然不同的番人。他們還說，有的福爾摩沙人生有大約一呎長的尾巴。

那的確是一個籠子，只有前後左右上下一點多公尺的視線距離，包圍住水下的我，那籠子很陰暗，更確切適當的形容，是網子，富有彈性的網子在水下兩公尺內網住了我。水下兩公尺外的世界就的確是籠子，讓人感受到壓迫感的籠子。一開始算是很習慣，在所謂的「網子」內活動，就像那是水下的舒適圈。當游動的範圍從某處的一點多公尺到達另一處的一點多公尺，網子混濁帶了點青灰色，光逐漸被四周看不見的那一點多公尺之外吞噬，一點多公尺內的光也遭到阻擋後而折返，我記憶中摻雜著即將進入的欣喜和對未知的恐懼。

如同史前時代人類駕駛著塗油的蘆葦船，出發，目的是海還是陸地？如果遷徙目的是陸地，那麼海就此成為某種奇異連結，是橋樑，或是阻礙，是陸地與陸地間的使者，或是怪獸等著隨時吞噬那蘆葦船、獨木舟、拼板船和風帆船上的獵人或是採集者。直到法羅斯島上的巨大燈塔，閃耀起鉛和玻璃，以六百碼高的姿態（埃及古典時期以前第三高建築物僅次大金字塔和卡夫拉金字塔），矗立在亞歷山大港外小島，成為直豎在傳說故事巨大玻璃螃蟹上的美麗傳奇，manara，燃著火的地方。

古代世界七大奇蹟中的亞歷山大燈塔早已倒塌，從世界各處都能看到的火光早已消失，傳說中燈塔上那神奇望遠鏡的存在是個謎，由石頭組成，由鉛固定，裝滿許多玻璃的燈塔什麼都沒有了，一大片海彷彿什麼都沒有。沒有街道，沒有標示，沒有規定應該前往哪個方向，只有海面上的航道經過現代化嚴格規定，也規範著海所屬的領域和國家之間的關係，以及不屬於經濟領域、領海和內水等等直接與任何國家有關連性的國際水域。幾分鐘前哪一國國籍的船隻進出公海，哪一艘船鄰近，又有哪一國艦隊正在前進。福爾摩斯故事中的孤星號由蓋來山、哥德惠、華而德島行過，卻遲遲未至珊文諾港，孤星號再也沒有靠岸，有人說在大西洋中見過孤星的桅杆慢慢下沉。

海中，那暗礁、冰山、海浪和洋流牽曳著魚群，影響著水溫，干擾著雲、雨和雪，以至於海旋，船必須避開……持續前進。海上繁忙交通短暫交會後，大部分都是水面閃閃發光，水下黑漆漆的景致，依賴著自然光射入和人造光線在某一範圍游動，才能從灰黑一片開始辨識海下每處珊瑚礁生態，是否健全著有魚、蝦、蟹、寄生蟲與海草等等的生活圈。

彷彿跟人類相同的社區，依照著海中動植物的活動範圍，以大型海藻為地，認為飄浮海藻為天，是蝦魚的視界，用著孔雀蛤的運動距離，跟著一群小丑魚，游著游著，一字刺尾鯛為了覓食而進入，黑背蝴蝶魚和飄浮蝴蝶魚始終視珊瑚礁為安全的住所。

一個又一個房間，是以海星的角度，是以陽隧足的觀點，亮起微光，收縮在各自生態圈中，度過日復一日，相似而具有安全感的日子。

洞穴外佈滿危險般的黑暗。

海是沒有被完全打開的房間。下沉，一點多公尺外的世界像突然便開了個洞，往左，往右，往前，往後，如果是向下，在十分黑暗的空間，把空氣吐著吐著，慢慢下潛……熟悉的感覺浮現，感受到自己正被什麼包覆著，堅韌的材質、侷限住的空間、無法隨意擺動身軀的狀態，如同正在船艙中的房間，一樣陰暗，漂蕩，讓人感到暈眩，頭部壓力增大伴隨而來的頭痛。水下每下沉十公尺增加一個大氣壓，明顯讓人感到沉重的身體，連帶著心理也會對那沉重感產生莫名的哀傷、抑鬱。彷彿真的陷入不幸的境遇，待在狹窄密閉的船艙內，依靠著人造光亮、人造溫暖，還披著人造保暖衣物，聽人類世界的廣播，對講人類世界的無線電，一如習慣的室內空間，卻反芻出對室內的某種畏懼。

根本無法逃，在水的世界，如果沒有陸地，像船永遠靠不了岸，生命如同還生存在洞穴中，洞穴以外的世界則充滿著可佈的黑暗。

一個個洞穴被鑿開或是冰河形成，把未知的地方暫時解讀成已知的世界，回返，在潛水之後，大力呼吸起什麼裝備都不用的輕鬆空氣後，會快速脹大肺葉而伴隨而來疼痛，渴望再次下沉，反覆幾次紓解掉氣壓間的壓力差，每一次上升的短暫停頓，都是為了釋放掉累積的壓力。

原來那下沉的地方，又再次成為沒有被居住過的洞穴，甚至連洞穴都沒有。

海彷彿又關閉，就連海洋表面也只是給船隻、鯨豚、魚類和海鳥暫時通行。海與陸地始終分別帶有自開天闢地以來的某種遠古未知恐懼感，而彼此防備著。傳說海上有巨人，是妖怪，是大水，吞沒掉島上大部分的人類，島上的人類只好一再搬遷，卻沒有遠遠逃離，還是依賴著海的便利通行在島嶼各處，以及島與島之間。搬遷後又回到靠海的地帶，依靠著非常穩固的船隻，以至於不再需要學會游泳。

我開始學游泳的時候，很懼怕那種感覺被什麼都攫住的感受，不往上也不往下，幾乎無從逃脫的境遇，讓我飽受到無能為力的威脅，在只有救生員、兩三名晨泳者和我的偌大泳池……想起童年掉入海中又浮起的經驗，都沒有學游泳的經驗那麼糟。

很久以前掉下那一整團還是藍色的空間時，感覺就是進入腳下的一座巨大神祕宮殿，有水當天花板，有水草、珊瑚、海葵是裝飾品，是建築物，是魚群熙來攘往在海的街道中，腳下的沙是地板，唯一的差別，就只有空氣。

最真實感受從遠古生命之初，便被束縛住的壓抑。必須仰賴手錶裡的數據，時間和氧氣之間的關連，倒數著脫離水下時刻的到來，那沉重鋼瓶明明剛拖引著身體下沉至欲到達的位置，一下子就得離開，換身體牽引鋼瓶浮出。絲毫沒有彈性的水下世界，就如同氧氣瓶必須堅硬才能乘載住空氣，那海水堅硬擠壓著柔軟身軀的每一吋肌肉空隙都成為塞滿鋼板般的僵硬後，才能稍稍踢水，做些觀察活動。那堅硬的規則，就如限制時間的大門，海水繼續緊縮起每一艙曾經載運氧氣的細胞。氧氣瓶裡的氧氣用得很快，隨時注意時間數據和壓力指針，依賴著氧氣的水下活動，氧氣成為通往陸地的某種連結。海洋的大門即將關閉，一次又一次以數字喚回，沉浸在海中的記憶。

啪，什麼又關上了，再一次自由呼吸中。

我母親十分怕水，在母親年輕時候，相當盛行溪邊烤肉聯誼活動。有人從此無法回返，也許撞上溪底的大石頭，被水運送輾轉經過許多地方，但最終會去到大海，也許會在岸邊與漂流木一起等待。

有過許多次落水經驗，在水圳、野溪、游泳池和海水浴場，莫名其妙就跌入水中，當水還是看起來相當清澈的往昔歲月，對落水的經驗並不是很懼怕，那些看起來是藍色的，實際上是一層層透明玻璃狀，尚在支撐不小心踩入藍色玻璃們的人類、動物和各種可能情況，然後把那些闖入者浮起，或者是漂動，往浪或岸的方向。只在海表面運作著同一種模式，對待那些闖入海表面的人，給予刺眼的陽光、風吹來的冷風和刺痛眼睛的鹹水，慢慢，水會被日光、氣流和海帶走，身子一樣被什麼擠壓著，在海的表面，被漂動，被運送，無法自行走動的旅行經驗。

學游泳的過程原本很順利，從學會漂浮，在岸邊打水，只有移動費了些工夫後，才能夠以手腳配合的姿勢，開始自由式的練習、蛙式的學習和蝶式的嘗試。最愛還是漂浮，從岸邊開始放手，猶如自己是一艘船，離岸了，水流有方向，在沒有目的地的時刻，水會決定船的航道。我猶如就是船，慢慢漂浮到泳池中央，然後下沉，慢慢下沉。隨著不再覺得需要呼吸的那瞬間，視線突然變得很清楚，灰灰髒髒的泳池池水並不如表面上看起來那麼翠綠。在灰色的光線下，我清晰看見水道、排水孔和懸浮在水中的白白一絲絲油屑和髮絲，最終感到黑暗，除了自身週遭一點多公尺以外的光線，四周猶如黑夜有星點的白色和水閃過的銀色，像極水底的星空，我卻沒有力氣去游入或是游出。被困住一點多公尺圓球的光線範圍內，是在那樣的房間，已經沒有氣體可以排出，就連往上浮的力道也在失去，我在那窄仄房間內就像是迷航的船，是被定錨的船，那是最孤單的房間，沒有往前無法後退，靜止是一種囚禁。

我在恢復嚮往陸地意識後，掙脫了泳池的束縛，嗆了好幾口水才脫逃而出，那是我第一次深刻體會到水的可怕。

老家前面就是港口，一八九五年十月十二日，日軍攻佔鹽水港，那裡是祖母口中的小孩禁地。每當太陽即將往西邊盡頭移動，明明天色還有著橘黃色，還帶了點祖母口中胭脂花的紅（是夕陽餘暉染上班芝花橘色的那種紅），有些紫色有些粉色，金光那奶油黃色也還在大部分的天際，除了那遠方山區的灰黑色一帶，和落日周圍的暗紅色，大致上天是光的。說什麼也不讓孩子們從舊港的河道經過。只能繞路，穿越據說半夜不會聽到軍鞋踩踏聲的那些路段，風不會吹來「殺殺」聲的那些街區，水不會像血一般凝滯的那些橋樑，無論如何就是加速通過。

掉下去的時候，據說沒有人看見。是貪玩才會進入港口區域，還在船曾經吃水很深的地方游泳，最終只留下漩渦帶著砂石刮傷腳踝和小腿的痕跡，缺氧的四肢末梢就如水下般黑暗，更多區域佈滿水面上的白色，和河道旁的青色。

祖母說大堂哥被抓交替了。

我有好一陣子不敢靠近老家的河港，地形上的倒風內海，曾經是瀉湖沙洲，八掌溪穿過讓布袋港延伸至老家前方的河道，柏油路範圍屬於古老村莊間自然走動所形成的臺十九線，急水溪往南穿過，某個牧童的故事開始出現，在海再次離開內海之前。

牧童必須把字習好，或者把書冊帶在身上。「你就綴（跟）ho好，綴（跟）好著。」牧童聽著尚且還不能理解的未知語句，如同趕著牛隻走到樹下，牧童是緊跟了，在日復一日的工作崗位上，一刻都不敢把目光投向那遼闊水草地和更為遙遠的位置，牧童和牛的所在也是在類似遙遠一大片閃著魚鱗光芒海面上，那某條像是盲了的蛇，書冊開始記載。

「是龍。」牧童明明聽說過，就在同一棵樹下，位在村口，牧童牽著牛隻片刻無法放開手中的黃麻麻繩，想綁上那樹，卻深知軟繩牛索的道理。牧童回頭看看牛，眼裡所及的是那村那區域那土地一叢叢的溼地水草，不慎踩入便深及膝的爛泥巴。牧童驀地企圖游泳在溪流裡去洗淨，不再閃著銀亮亮的那些內海，那裡是蘆葦草船會行經的地點，到時候會有人帶著鹿皮而出，有人攜著鐵刀而入，一派向外，一方固守，波濤老是弄亂一彎平靜。還像樹木那般，尤其是茄苳，牧童眼裡的牛隻佔據了牧童思緒的三分之二位置。而一旁的古茄苳樹也許可能佔了六分之一，看那滿出主幹的根又成為新生樹林模樣，就知道那樹的基本年紀很可能久遠到最初一批人乘船而入的時間點，牧童依著最初的樹幹，看著樹根往外拓展，好似一艘艘小舟游出內海……那是在牧童思緒以外的故事，而故事本身那種東西則只存在於牧童可以想像那就叫做冊，叫做帛書，叫許許多多牧童可能已經聽聞，根本還來不及認識，那些文書、戰帖、檄文等等，和牧童是不一樣的世界。儘管故事離溪邊不遠，和牧童與牛的位置剛好重疊，可牧童仍是眨巴困惑畏懼的神情，一邊盯著牛一邊渴望溪水拂過肌膚的冰涼，好讓牧童能夠再去看去守去發現……牛一樣去看去守去發覺，那村最後一彎破碎而出的支流殘餘，最後都會如枯水期的景致，成為內海最終宿命的最初徵兆。

牧童以為自己一直都會在那，成為牧童的代稱。然而故事早已透過一根銅針，寫成那岩洞上的壁畫、土壤裡的化石、挖掘漁塭所出的陶片、石簇、石刀等等，一一幻化為牧童眼底的盲蛇。

「喂，是龍。」

牧童聽見有人一再更正牧童思索錯誤的那些情節，就如那溪底儘管枯竭仍有死纏爛打的水草，越是使勁擺脫越是感受到溪水暴漲般淹沒，那原本的清澈都轉變成混濁一鍋熱水，逐漸加溫著抓取人的力道，冷熱間上上下下交接出龍捲風的產生。於是牧童看見龍捲風般的轉變，以身軀，以呼吸，以知覺，以最後對這世界的問句持續轉動。

牛仍是牛，還一直被早就栓不住的細繩隨隨便便綁在某棵樹上，在水會退去的地方，在已不是沙洲的真正土壤，在某座小山上。而牧童卻不是牧童了，還在水會退去的泥沙底，在內海，在溪流，在竹林擱淺一切的土地中。

朝夕瞅著飛濺起來的水花，怔怔看牧童變成故事的一部分，成為宿命中南鯤鯓的神祇。一如急水溪的命運，把山都變成海，又把山轉化成沙洲，在一大片廣袤土地出現之後，才終於平靜下來，成為真正的龍沉穩出海。

祖父印象中最後一位牧童直站在溪邊樹下，把皮膚曬得金亮。

在內海消失的年代，故事寫在我祖父身上，他剛提著一尾金魚從夜市走來，魚一下子就忘記自己被抓的事實，我也一下子就遺忘祖父所說的那些故事，祖父也時常想起片段，一會兒又什麼都記不住，只記得要跟緊……是因為故事，或者是那些在生命基因一直存在影響性的，源於海的回憶。

海造就陸地，又是如何看待陸地。當陸地還有三疊紀和侏儸紀時期的菊花，變成海的陸地在南澳運動中再現陸地，經歷起白堊紀到古新世中陸地又成為海水。那尾魚原本在很遙遠的位置，是尾像魚的陸地，是陸地般的大大小小魚隻匯聚成魚群。海就那麼看著，像是一尾更大的魚盯著自己的獵物，都是魚一樣的宿命，卻有著生死消長循環在陸地與海洋兩尾不同的魚中糾葛。海一口吞下那小魚，魚等在始新世早期又逃出，跟著砂石中的石英和雲母逃到太平運動而起的山嶺，開始能夠喘口氣，慢慢坐下去，然後安安靜靜看海，把海看得仔仔細細好幾遍。隨著冰河時期到來，海水退去，陸地像魚一般感到恐慌，然後是靜止，被凍結在河川海水中。什麼也不能做的來到第四紀冰河期，海水再度湧進，呈現出溫暖海岸線，像是在一口一口吞掉陸地邊緣，卻又像是一次又一次把魚吐出，前往那淡水源頭的最初發源地。

我當然沒看過冰河時期，沒經歷過劇烈的海升陸降，以及海沉陸浮，我成長的地區卻慢慢挖掘到鯊魚的牙齒、不知名大型魚類骨頭和貝殼化石。

唯有急水溪在北門的改變，讓駐足在陸地上的我忽然明白，海或許真如母親的心思，海把陸地當作小魚含著，等到危險過後，海會吐出小魚，那是母親對孩子的呵護。而孩子渴望在陸地的最終，是否如海明威筆下《吉力馬札羅的雪》那頭豹子，「豹子到這樣高寒的地方來尋找什麼，沒有人作過解釋。」在占百分之三十九點四的北半球陸地洞穴，人類尋找的究竟為何物。

直至今日眼前所及到處是柏油路。對於海的回憶，印象最深刻的，莫過於小時候時常騎著淑女車穿越魚塭和鹽鹼地的田埂，搖搖晃晃到古稱漚汪的地域，看原本沒有什麼土地的鄉村，在怪手和重型器具下，逐漸用泥土填滿海邊。陸地成長，以曾經是海底的陸地，就如法羅斯島的世界七大奇蹟之一燈塔，僅有一條路通行，那條路的土地直伸入海，彷彿燈塔的光來自於海，海跟陸地再無可分別之處。生命本源於那黑暗中，幽幽燃起的一點希望。

向河

在甘為霖《素描福爾摩沙》臺灣筆記裡，敘述過他到福爾摩沙的經過。福爾摩沙在拉丁文是指美麗的意思，在十九世紀的東亞，指的是一塊島。從香港搭小汽船到廈門的一路，那裡的船長和水手都會說起福爾摩沙是住著野蠻人的島嶼。那情景就像是歐洲人到達美洲探險的模樣，從大船換小船，接著改搭多種交通工具，最後航向只能行駛小舟和竹筏的河流，歐洲人那一路是行駛向南北美洲廣闊大陸的核心。十九世紀歐洲人行船到福爾摩沙的經過，卻反而像是預備從寬廣的陸地，駛入太平洋的邊緣。

陸地正在消失，船隻密密麻麻在很淺的臺灣海峽上，那裡最淺的地方只有幾十公尺，離開臺中到安平的沿海，越往南方，海底越深。十九世紀港口邊的浪比二十一世紀的浪要更加驚險。儘管臺灣海峽的深度不足以讓海水的溫層有劇烈差異。但比起太平洋的海水溫度，靠陸地也是陸地延伸的臺灣海峽，普遍海水溫度偏低，上層溫度較高的海水薄薄一層並無法帶動下層溫度較低的海水。臺灣海峽的海流依靠著黑潮的分支在運動。十五世紀以來的小冰河時期，最後一波氣溫驟變落在十九世紀初。十九世紀的中葉，福爾摩沙仍處在冬季偏寒冷的氣候。臺灣海峽上，到處是肉眼可見的礁石，臺灣海峽最早形成的土地臺灣灘，在澎湖群島的西南方，離水面還有二十公尺以上的高度。在那樣的天候和地理環境下，風比海水的力量強大許多，臺灣海峽彷彿是位在兩棟大樓間的風切地帶，甘為霖搭乘小帆船橫渡臺灣海峽的時候，便遭遇過那股強勁的海風，把小帆船都拋上半空中般，又重重撞上一艘捕魚的船隻，漁船裡的漁夫們紛紛落水，他們瞬間都在海峽中哀嚎。

十九世紀到二十世紀初，打狗港相對於福爾摩沙其他港口，是較容易把人從大船上接駁而出，用的是竹筏。福爾摩沙西部的浪多半像是處在陰天般的壞情緒，隨時能把竹筏滔上浪尖。可船無論怎麼搖晃，在打狗港也不至於擱淺，相對於安平港，打狗港的確算是較為安全的港口。得等天氣穩定，浪的心情平靜了，汽船才能行駛到安平港，一樣是由竹筏接駁陸地與海洋之間。

甘為霖當時回望的臺灣海峽，海水都像是離陸地不遠的大魚在嚙咬拍打衝撞上沿岸。因此海浪的浪形相當破碎，船隻很難操控在那樣危險的海域，隨時有擱淺暗礁或與船隻對撞的危機，因此整段旅程是相當驚險。

甘為霖從安平進入府城，對福爾摩沙的第一印象是讀書人的比例遠高於中國任何一座城市，他們大部分對外來者充滿敵意。如同他們就是臺南平原上唯一的堡壘，遠處的馬禮遜山（今玉山）是保護不了福爾摩沙西部的廣闊田野和沿海。在甘為霖的眼中，居住在高山上的民族反而更像是堡壘般的體型，還各個展現高大、沉著和理性的模樣。高山和森林是那些高大優秀民族的船隻，樹葉像帆船的帆布也像是船艙間的簾子。當那些民族需要交易的時候，他們會緩緩從他們的船隻（某座山）走出，悄悄撥開那些樹葉，他們的家就在那些樹葉的深處，彷彿是河道上漂流的某艘船。

溪流遍佈在那時的地理環境，由東邊到西邊，是那些強壯民族出入的主要通道，市集和聚落都在溪流邊。甘為霖和其他歐洲教士，只能靠走路的方式，南來北往穿梭在高山民族間的聚落，舟筏無法進至山林深處。溪床的高低位差幾乎斷去河谷的軀體。因此選擇逆流而行的話，得花許多力氣也不一定能夠航行，反而用走路的方式相對輕鬆。離開沼澤、港口和溪流的原野，甘為霖進入白水溪的領域，那裡是白河地名的由來。福爾摩沙這塊島其實沒有河流，河流都稱為溪。河流是漢人移民的印象。白河則是一個位在白水溪和急水溪間的市鎮，最早稱為店仔口市鎮，據說就是有人在白水溪和急水溪間販賣物品，因此形成山林裡的最大聚落。

發源於大凍山的白水溪是急水溪的主流，關子嶺的大凍山屬於阿里山山脈，白水溪和南邊的六重溪匯流之後，就成為急水溪（清代稱為吸水溪），另一支流龜重溪（十八重溪）則是在新營附近匯入，交流道下的急水溪，總在颱風降雨後釀災。

橡皮艇成為我小時候最常見的水陸接駁工具。軍隊的營地在港口的另一端，只剩下橋上面的指示牌說明著，那淤積的水道曾經是鹹水港的港埠。港邊橋上寫的是月津港，多添了些讀書人的浪漫，好似那古老的諺語「鹽水的碗帽多過麻豆的文旦」。月津那名字常使我想起甘為霖對福爾摩沙的第一印象，彷彿真有無數的讀書人在街上晃著，在私塾裡朗誦著。我祖母來自現代人口中熟番聚落，那地域內的番人請過漢人講學，還設有私塾。我曾祖母在身分上不知是否為甘為霖所說的熟番，我曾祖母是番戶，我曾祖母卻纏著小腳，宛若世家大族的小姐。我祖母遠比我曾祖母身形得更像是戶口名簿上的番字，她有一雙大腳和孔武有力的膀臂。我祖母早就習慣颱風來襲必定淹水的情景，瞧她熟悉把櫃子墊高的模樣，把電器都擺到骨董鐵刀木色的櫃子上，然後領著我站在祖厝後屋高起的增建房間內，祖孫二人直站在汪洋中只剩下一半床架的紅眠床上。二堂哥總會引領划著橡皮艇的軍人從屋後進入，那祖孫二人最後避難的房間裡。

八掌溪也是氾濫的原因，在擁有三汎四塘的鹹水港市街裡，颱風天溢出的溪水，無一不像是在提醒著，那裡曾經佈滿水道，那裡有過好幾個港口，那地域連接布袋港的河港，是倒風內海的海汊港，也曾經銜接魍港的海域。

我和我祖母裹著早已溼透的毛巾在大雨，也在大水中，慢慢往安全的地方前進，那裡是鹹水港舊日主要水道，岸內溪流過的位置。鹽水舊港口的水道猶若是護城河般，把老街給守衛住，往媽祖宮（護庇宮）的方向走，那處曾經是港口的碼頭。王爺廟內的社區範圍到一銀後邊的窄巷，那兒是港口逐漸淤積而興起的聚落。水道幾乎沿著鹽水鎮內主要道路在走，武廟前面的北門路、武廟右邊的三福路和武廟左邊的清泉路，沿著夜市的水溝，就能到達上帝廟邊，宛如竹筏和小舢舨仍能循著飽含鹽分的淡水到達上帝廟莊，那裡是鹽水最早的聚落。

急水溪不再像是青瞑龍（盲龍）亂闖的時候，八掌溪的支流岸內溪卻成為颱風天氾濫成災的原因。那時候岸內溪旁的孩子們都會在二樓看一樓的騎樓有豬在游泳，街道上也佈滿附近養殖業的魚蝦，也會有幾隻流浪犬載浮載沉而過，遠處牧場裡的乳牛在叫，田裡和樹下的黃牛也在叫……很多年後，會成為我表嫂的那個女孩在岸內溪水道上的透天厝內，看著那些雞、鴨和鵝直往她住家附近茫然。她流流口水，轉身就拿出大水盆放入已淹過一層樓高的水面，她自己則小心翼翼從二樓陽臺的鐵窗爬出，拿著家中的網子和木棍，異想天開進行起她的捉魚和抓雞之旅，還險些被溪水沖走。

在港口長大的孩子，幾乎不曉得怕水。

我剛會走路的時候，就能夠獨自一人走出外公家的三合院，往大水溝的方向獨自前進。踏上那些咕咕喀喀的木板或者是竹子搭起的臨時便橋，搖搖晃晃中，我記得自己從未害怕過。溪水邊都是爛泥巴地帶，田裡插滿棚架，全掛滿著瓜果類的蔬菜，棚架下有軟軟爛爛泥土的確不好走，我不知為什麼還是能以一個幼兒軟弱的身軀，去行過那些危險地帶，然後徘徊在大廟前，直到被我三舅媽發現。

我真正掉進大排，被水沖走的經驗，是發生在我四歲那年。大排上的木橋突然解體，我和小表哥同時掉入大排，大我四歲的小表哥一把抓住了深入排水溝裡的樹根，我則是帶著來不及慌亂驚嚇的呆滯神情，就像一個漂浮的水盆，沿著溪流直往下游流去。年紀較大的表哥趕緊折斷竹子把我攔在排水溝裡，另外一個表哥則跳入水溝把我抓起，然後他揹起我沿著水溝邊的土堆，慢慢往上走。整個落水過程中，我記得我似乎沒感受到一絲一毫的驚懼。

我真正第一次對水感受過恐懼，卻是在公立的游泳池內。我曾經一天落水兩次。有人推了我一把，我掉入根本踩不到地板的泳池中。或許比起水，我害怕的是那推我下水的人。我就是在那時學會聽水的聲音，咕嚕嚕的空氣、自己的心跳聲和身體內無數細小運作的聲響⋯⋯好不容易抓到岸邊的瓷磚地板，我猛然想從水中跳上泳池邊，試了好幾次，最終還是失敗，我是被一名國小六年級的大姊姊救起。等我第二次起身，在兒童池站立，想去上廁所的時候，我又被人推入水較深的泳池，下沉時，我的手不停往泳池的水拍打著，想要往下壓，讓自己的身體浮出，最終一跳，我撞上泳池岸邊的瓷磚，門牙從此缺了一角。

很長一段時間，我只敢套泳圈在公立游泳池中泡水，直到國中畢業，我才真正懂得游泳的技巧。老街外的淤積水道，一直以來就不是游泳的好去處。颱風過後，我祖母會把我往岸內溪旁的姑姑家一送。我聽見我祖母跟我姑姑說，要我那幾天都不能回過橋老家。由什麼都聽不懂的年紀，到懵懵懂懂的年歲，我漸漸知道，是因為那橋下有人死去。大水把那些失去生命的軀體，當成一艘艘的船，從很遠的地方漂流而至，直到卡在那日漸淤積的水道，船擱淺了，那些失去生命的人才總算上岸。

我祖母說過，她在那橋下也等了很久。從白天等至夜晚，彷彿已經度過了許多年的時光，她在橋下不安的踏步都像是船在沿海徘徊等靠岸的模樣。她的確在等什麼人上岸。有人告訴她，大堂哥在那橋下玩水。從此沒有人看見過活蹦亂跳大堂哥的蹤影，我祖母倒希望，大堂哥只是去別處玩了，就跟過去一樣，大堂哥騎著腳踏車去隔壁鄉鎮遊玩了，坐著糖廠的五分車去市區看熱鬧了，還在某個同學的家中吃飯……有人勸我祖母回家，或許這樣才能找到大堂哥。

橋下依然只有水，有些枯掉的樹根，有爛泥巴，有水草，有什麼都看不見的那種黑色，就在橋下，在水道兩邊磚塊河堤的下方，在水道上窄仄木屋的下面，家庭生活廢水持續排入，那什麼都看不見的多年沉積。

鎮上的人說大堂哥被抓交替了。

他們相信那橋下真有過什麼。

一八九五年，日軍貢獻過他們的鮮血。大轟炸那一年，有更多殘缺不全的故事漂過那水面。後來，就只剩下颱風帶來的大水，像是擺渡人把軀體一個一個帶上水道淤積的沙洲。

更遠的沙洲上，種滿各式各樣的瓜果，年幼的我一個人獨自穿越那樣的沙洲，彷彿沒看見底下的水，黑色而彷彿什麼都沒有般。

咚嗡，咚嗡，咚嗡。

離那些港口多遠了，還是能真正看見海，海直發出咚嗡咚嗡的聲音。是海浪打上海灘的聲音，是海水敲擊甲板的聲響，是人望著海然後跟著發出的咚嗡咚嗡。

林投姐的傳說，源於嘉義到鹽水一帶。

很小的時候，記憶裡曾有過不能去海邊的時光。

有人說海邊有殭屍，有人認為某一種人偽裝的水鬼會上岸。

我記得最害怕的故事，就是曾拍成電影和戲劇的林投姐。

故事發生地點，被推測是嘉義到鹽水一帶的海邊。後來，被包裝成臺南各地傳說。

我小時候聽過的林投姐，是個為了棺中嬰兒，而出來買肉粽的鬼母。被拋棄的寡婦、棺中產子、買食物吃的鬼、海邊徘徊的幽靈……林投姐的故事打從一九二一年被《臺灣風俗誌》簡單介紹後，就成為臺灣知名的鬼故事。

曾經是海水滿溢的地區和海邊區域，如今是田野地帶，工業區、科技園區挖出多少史前故事……海邊以前是草原，後來又成為了海邊。

林投姐的故事最後流傳在鹽水，只剩下徘徊港口邊的靈魂，非男也非女，但會出來買肉粽，也會買包子，最後一個看見那幽魂的小販，以燒紅的鐵塊當食物賣給鬼，鬼據說死了，那小販也病死了。至此，再也沒有人在港邊看過徘徊的黑影。

咚嗡，咚嗡，咚嗡。

港口邊的人是否還熟悉著，咚嗡咚嗡的海水聲。記得我舅舅帶一群孩子到海邊玩的地點，離陸地曾經多麼的近，後來又是多麼遠，漸漸我不記得那曾經玩過水的地方，什麼時候變成田地。有房屋有道路的模樣早模糊掉我童年的回憶，最後都只有海埔新生地施工的聲音，好大好大的挖土機，和各種工程車來來回回在海邊。我跟著大姊夫去那樣的海邊釣魚，水泥堤防上坐滿許多人，還未上小學的我東張西望，只看見挖土機也像是在釣魚，用更多更大的魚餌，想要釣住藏在海裡的土地。

不遠處的大廟，就曾經釣起水裡的土地，廟似乎也跟著越長越高，那些越來越高的沙洲，最後都成為大廟的腹地。我跟著我祖母到大廟，先拜萬善爺，再拜王爺，祈求姑表哥當兵順利的時光，海依舊離大廟不遠，大廟四周就是溼地，看得出急水溪曾經從大廟附近出海。等到大廟建起美麗園林的時刻，溼地已經遠離大廟，站在大廟上也看不見海。從急水溪的代天府到曾文溪的代天府，海的味道曾經很近很近，我彷彿站在漁塭鹽田就能看見海在盡處不遠。青瞑龍（盲龍）的急水溪造就南鯤鯓代天府的金獅風水穴，青瞑蛇（盲蛇）的曾文溪讓麻豆興起，代天府出現，旋即改道，國聖燈塔就此遠離海邊，溪水究竟是龍還是蛇。

鹽水往北門的路上全是河道，道路沿著舊水路走，水路邊總有教會，教會旁多半是國小。鹽水有許多國小、教會和廟宇，如今都孤單，有突兀矗立在田野邊的，也有在急水溪和八掌溪寬廣如海面的溪水間的。坌頭港曾是急水溪的碼頭，附近還有宅港，屬於鹽水境內，鹽水市區的鹹水港則是茅港尾到笨港間最大的市街，那裡是諸羅往府城的要道，一路上，那府治大路究竟要經過多少橋樑。

咚嗡，咚嗡，咚嗡，我再度記憶起海水的聲音，已經是很久以後，搭著船往蘭嶼行去，一路由一座島漸漸往另一座島行駛，彷佛是從沙洲循河，又上岸一座沙洲。

靠海的溪水水面往往大如無邊的海，越往上游走，穿越起溼地叢林，宛如是溯溪而上那亞馬遜雨林。傳說幽魂徘徊的林投樹最靠近海，受到狂風吹襲後的林投樹，往往呈現歪七扭八，全是低頭相互擁抱抵抗強風的模樣。海茄苳樹則能長得比成人還高，大約有八尺以上。草原和森林景觀佈滿河口，泥沙淤積讓更多植物群簇在一塊。野草通常是最先佔領鹽分淡化後土地的植物，多半比人還高，茄苳樹和榕樹則在離海較遠的地方，靠近溪水，樹根彷彿在替聚落澄淨水源。黃槿樹長的位置則在野草邊，靠陸地，卻離海也不遠。

沿著溪水走，甘為霖會見到的風景，是熱熱鬧鬧的竹林和叢林，房屋高架在溪水邊，有廊道可以溝通每棟建築物間，那樣的聚落最先普遍在臺南各地區，至於更早的模樣……少了歐洲人的記述，就算靠考古和傳說也很難完整臺南最初的樣貌。

許多鄉鎮曾經都在海底，它們的曾經雖也有過陸地的面貌，卻反反覆覆沉入海平面下，又再次慢慢浮出，沉積，陸地終究再現。除了靠阿里山山脈的山林，能保留住最原始的面貌，其他地區都像是隨時隨地變化中的海灘。炎熱的天氣，持續下雨，得在泥濘中行走。在聚落以外的地方，獵場依然很喧囂，山林反倒是較為平靜的區域，有些人會告訴歐洲傳教士一些故事，多半是歐洲人眼中的怪物傳說。後來，漢人移入之後，那些傳說又變成是漢人文化裡的那種鬼怪故事。蜘蛛精、妖鳥和女鬼盤據在臺南的土地上，還有龍脈裡的龍在竄，西拉雅各社的聚落幾乎都成了鬼怪傳奇的場景，故事則都是迷惑漢人，作出漢人社會無法認同的事情。

甘為霖旅遊的途中，卻看見某些漢人早已作出傷天害理的事情。事情要從店仔口說起，吳志高是個地方惡霸，他擔心自己作威作福的事情會遭到官府的注意，便開始對傳教士採取激烈手段。那些在吳志高手下工作的可憐熟番，每日執行無數的工作，卻只能夠領少少的米作為報酬。傳教士的教育改變了熟番的生活，這點早讓吳志高相當不滿。衝突分好幾天進行，一開始是店仔口附近居民教徒受到嚴重刺傷，後來有人被偷了牛，有人被焚毀廂房。幾天之後，吳志高的手下放火燒教堂，還以長刀長矛追殺甘為霖。甘為霖一瞧風勢改變濃煙的方向，便趁亂逃出教堂。他在陡峭的河岸落水，夜晚的寒氣一瞬間就滲入他滿佈傷痕的軀體，他就快要支撐不住，但那搖曳在夜空中如惡魔的火把，使他必須用盡力氣繼續逃跑。在高大草叢的掩蔽下，他逃上山丘，遇見傳道師，便隨著傳道師逃往嘉義城。店仔口則暫時被吳志高把持，許多教徒只能躲在更東邊的山區過日子。

整起事件，在甘為霖停留岩前教會的時候，獲得解決。傳說會噴火的麒麟就藏身在關子嶺，岩前教會就落在關子嶺溫泉區內，從原本公廨般的木頭土角厝，慢慢變身為現代水泥建築。

甘為霖所說的熟番，有可能是哆囉嘓社人，也有可能是大武壠社人。哆囉嘓社人沿著溪流南下到白河，他們轉而走向六重溪的上游進入山林，繼續往南遷徙。源於西阿里關的大武壠社人，卻沿著六重溪走入會冒火冒煙的山區，他們不知道麒麟是什麼東西，會噴火的麒麟又長成什麼樣子。

甘為霖在筆記裡書寫過，清朝的皇帝死了，局勢一片混亂……在南來北往的遇險事蹟裡，他也曾在彰化記錄下，「繞過一連串的後巷，逃回我們令人沮喪的小房間。」

這塊島上後來佈滿許多人造建築，如同是一條又繞過一條的小巷……山或者者是海，哪一個才是令我們能夠沉靜下生活沮喪的小房間？這島上的生活依舊像是在船上，繞過日子裡那些複雜又令人恐懼所形成的暗巷，回到船艙房間休息時，「我們」是否依然莫名感到沮喪。

沙洲

在南島語族的世界，現世一切不過是旅程，漂流的目的，始終是為了返回祖靈永久居住的地域。有一艘船出現在海洋上，船上的人也像是一艘艘各自誕生在海上的獨木舟，是入海的溪流把那些人的腳步帶往陸地。究竟是先有溪流，還是先有陸地？溪流會帶給陸地大量的沖積泥沙。太平洋像是陸地上最大的河流，透過降雨，由東往西沖積出臺灣部分陸地。換個角度，想像海洋地殼就是人類賴以維生的陸地，臺灣在太平洋的河流外，彷彿是佈滿殘餘河道的大陸棚，是海岸的延伸，也是海洋張裂邊緣的地帶，這塊土地一直都處在變動的狀態。就如臺南最大河流曾文溪一樣，試著延續過去的發展，然後改變著可能的樣貌。

曾文溪流出安南溪之前的大橋曾經很不安靜，有人說那裡有著什麼，後來就完全封路，直到人們遺忘那裡曾經有過什麼，大橋上到處佈滿通勤的汽機車。我早已忘記那座橋的傳說，卻因為朋友託付，在安南區海佃迷路，繞行在老聚落進進出出的盤根錯節巷弄，發現了十二佃的大神榕。大神榕曾是過去居民在關聖帝君的指示下，用來防止曾文溪氾濫的榕樹，原本是無法通過的密林，卻在二戰時期被開挖出數條整齊的通道，因此如今得以穿過榕樹的內部。在樹葉篩下的光影，枝葉虛實交錯在身旁，頓時彷彿穿越時空隧道的錯覺，會從哪裡通往哪裡，又將歸往何處……幼年時的傳說頓時便回到腦海，海邊的陰陽界、退移內陸的國聖燈塔和安定往安南請水的儀式。

我曾祖母滿頭的珠翠，坐在太師椅上，指揮著我祖母給公媽龕下的花瓶上香。我祖母跟我說，那是祖先，不是水也不是花瓶。我小時候喜歡躲在櫃子裡、眠床下和各種大人不會注意到的地方，卻怎麼都不敢躲入公媽龕下。

在西拉雅的世界，海水代表死亡也代表創造，許多西拉雅各社都存在著回到海邊取水的儀式，跟道教請水的儀式剛好一樣。在河海之處換水，或者請水，究竟是有什麼緣故，才使得臺江內海境內的鄉鎮要回安南請水，而屬於倒風內海的學甲也要回到將軍溪請水。

過去，要將廟申請為法人，規定祭祀的神明必須是社會所熟悉的觀世音菩薩、媽祖等等道教佛化的神明。這在苗栗很常見，許多賽夏族、泰雅族的神靈都隱入道教神明的廟宇。在臺南是否如此，並不清楚。海剛好在臺南的西方，西方是西拉雅神明系統中，地位最高的神祇，也是代表死亡和新生的神祇。海在南島語族是生命更是土地，是祖先更是家鄉。太平洋上有些島嶼會把死者放入船中，讓船流向海洋的中心，那裡是死靈之地，也是天堂，更是重生唯一的辦法。

內海是潟湖，也就是沙洲，是宛如鯨魚棲息在海面上的地方。溪流的水流和沿海的波浪成就了沙洲，灣裏溪是曾文溪的舊名，曾在歐汪溪入海，歐汪是將軍的舊稱。灣裏溪每每有風雨就會毀壞流經的港道，驟然變天也就水涸沙高。水道轉眼就成為陸地，陸地上開始有草寮，有人，還有豬隻亂跑。北門有過一頭母豬後來入了廟。冤死的母豬和擱淺的鯨魚，都倒在原本該是魚群生活的地方，最後卻成為魚市，市集凝聚了村落，市街伴隨著舊港口，重新發展起新的生活。陸地果真像是仍在漂流的水道、船隻和滄海桑田的一夢。

直加弄港、蠔殼港和竿寮港……曾文溪一再南移，一支由蠔殼港入海，一支由臺江入海。鹿耳門曾經是山溪之水匯聚之地，那裡是海，什麼都沒有。

我祖母過世之後，我才爬進公媽龕下，看那老舊花瓶裡除了水以外，什麼都沒有。

老家大門被我伯母鎖上之後，那裡也就什麼都沒有了。

她不知道是從哪裡出現的，荷蘭文獻紀錄沒有那個地方。她什麼時候走到大奎壁莊定居，大部分採納大奎壁莊原叫做大龜肉莊，是西拉雅語的音譯，Takuba（va）指的是公廨厝，又指家宅居住地。她落腳的時候，鹹水港是否已經出現？康熙五十六年，鹹水港以海港之姿，擠下了附近的井水港。由閩南語的音讀，就能夠判斷出兩個港口的差異，鹹水港的水是鹹的，井水港的水是淡的。只有海水的水是鹹的，是大船能夠開入的地方，成為清代，以致於日本時期重要的地點。北門的永隆溝可以並排三排帆船，有馬達的小船也能夠進入，前往井仔腳去載鹽。倒風內海和臺江內海的沙洲，在急水溪、曾文溪和鹽水溪的改道中，慢慢遠離海洋，失去灘和浮覆地的景象，也喪失了原本身為近海小嶼土丘的模樣，只剩下金龜樹還記憶著灰窯港大致山型的身影，陸地來往灰窯港不再需要船隻的接駁。

她對船應該很熟悉，南島各語族原本都會造船，會燒陶器，養豬，對最原始的鳥類，雞隻，感到恐懼又英勇，勇士能夠佩帶那些鳥類的羽毛，族人卻不敢嚥下鳥類的肉。家禽，理論上是跟著人類遷徙。她家不知道是否帶過雞隻到所有搬遷過的小島。陸地使她感到踏實，卻也同時像是作一場夢般。她家不知道為什麼搬遷，有人說是雨淹沒了土地，是大水把家園沖壞，是海水把土地一口吃掉了，更多是妖怪如何偷襲人類的處所。她習慣看星星，那麼她就會記住她家曾經在什麼樣的位置，彷彿還在船上漂流，歷經多少波折，船難把剩餘者帶往陸地。她循著家人的腳步踏上某塊島語的時候，彷彿是幽魂，是跟著船難祖先死去的幽靈，恍恍惚惚落腳在海邊能居住的地域，開始唱懷念祖先的歌曲，感懷自己的夜曲，傷感七年饑荒的牽曲，和各種早已不復記憶歌詞的祭祀曲子。

她漸漸失去了自己，如早已死去的祖先，慢慢遺忘生而為什麼樣人的那種感覺，彷彿還在船上，是因為被放逐，或者是出逃，從遙遠的海上，跟隨一面白旗，抑或是一艘飄在天空的帆船，一顆星子，一種神祇的指引，她是否已經到達遠古傳說中的海洋核心，那裡是一切的開始也是結束。她讓風把浪掀起，打濕她高大的身軀。她那白皙的皮膚就像是浪花，她闔上琥珀色的雙眼就真的感覺自己是漂浮在海面上，還在某艘船上，彷彿已經死去，因此坐上通往死亡之域的小舟。她所上岸的地方彷彿是天堂也是地獄，她的一家人究竟花了多少時間，才又開始種植，南島語族所熟悉的小米和芋頭，她於是覺得生活跟遠古以前又有什麼不同。

她依舊如同她祖先那樣生活著，只是聽到更多的故事。

她上岸的島嶼，傳說有西方位階最高的神明，東方則有打雷賜穀的神明，南方的神明負責降雨，北方的神明和戰爭疫病有關。

她後來居住的地方，北方有哆囉嘓人，也有法波蘭族，荷蘭人想控制魍港的水域，北方寬廣大溪沙洲上的法波蘭族，是制衡她所屬的麻豆社，最好的辦法。

她的確不知道是什麼時候移居到鹽水，那裡是否就是大奎壁莊還是鹹水港，真因為隸屬麻豆社，所以沒特別記載在歐洲人的文件資料？她迷惘的時候，如同還在海面上，就在一艘帆船上，或者可能只是稍大的木舟，天空上的星星、飛過的鳥類和一陣一陣的雨，都隨著浪潮的方向轉變，而開始密集出現。她祖先的經驗會知道那是陸地出現的特徵。至於那是否是一塊能夠容納她一族的土地，只有上岸體驗生活，才能獲得解答。

她也許夢過在其他地方生活。

在這島上待久了之後，她早已分不清是什麼人告訴她過，那些傳說故事，和神有關的。她的祖先和她祖先所相信的力量，全都需要海水進化，讓壞的都變成好的。她常想起敵對的法波蘭某村落說，運氣和神都叫做海伯，人總是會遇到好的海伯和壞的海伯。

她不知道雨什麼時候會停，溪流是不斷變動航線的船，她不知道那些船是從何而來，又即將前往何方。

她在居住的島上，終於找到一個願意跟她結婚的男人。那男人聽說一點都不多話，渾身的精力都勤奮在工作上，她喜歡那男人耕田的模樣，像是忠誠在渡口擺渡的船家，那是她家曾經很熟悉的工作，後來就忘記了，連造船的能力都喪失了。她不再想起海如何搖晃過她的身軀，那男人搖晃她的時候，都像是在擺渡，她漸漸只記得溪流和溪流裡的魚，很腥的氣味。

後來，她生的女兒和她家的媳婦，就一直住在那港口邊的沙洲小土丘上，那裡佈滿著沙洲最為普遍的竹林景象和榕樹。她不知道自己究竟死去多久，有沒有回到海洋的中心，是否已經真正的死去，然後又重生過一次。她的女兒和媳婦們一如她，再度找上願意和她們結婚的男人，那些男人都不多話，全都是辛勤耕作的模樣。她還是她們老是覺得雨還是在下，她們再過一會兒轉身就會離去，然後回到她們該回去的地方，那裡或許跟她們住了大半輩子的老家沒有什麼差異。北方仍象徵著危險，西方是生命的開端與終結，東方帶來希望，南方的雨有時狂暴到，足以去殺死沿海的船隻和鯨魚。

她聽過滿佈黑藍色海水像是黑夜沙漠的太平洋東邊，就位在這座島的附近，曾是灰鯨生活過的地方。

她到達島上的時候，已經沒法子看見灰鯨的身影。

海水和河海交接的淡水一再提醒她，離開或是回返？她的祖先被她裝盛在陶器壺罐和後來的瓷瓶，連同她相信的法力與她畏懼的邪靈，最終海水會把一切帶往海的中心。

她始終以一種漂流的心情，思索她祖先出發時的情景，以及她未來是否能夠回返的期盼。

她的故事一直縈繞在我心中，她是我最早的祖先，是我那夫死又招贅的曾祖母，也是我那傳說中的太祖母，是祖譜上模模糊糊著一些奇怪名字的女性。

那些有著模糊身影的男性，在我的家族中，一直沉默到我那溺水的大堂哥。

大堂哥天生口吃，一句話要重複很多次，誰也沒辦法聽清楚他想表達的意思。他唯一的知音是我大姑姑，我大姑姑則能從中翻譯給我祖母聽，她們是最疼愛我大堂哥的人。當大堂哥離開人世一年之後，她們仍然無法釋懷，怎麼說走就走的那個孩子。我祖母和我大姑姑去請求宮廟的協助，我大堂哥上來的時候，瞬間乩身就開始口吃，還一直哭，說起許多對不起和再見的話語。我那跟著一起哭的祖母與大姑姑，忽然間就放心了。她們知道她們最愛的孩子去了哪裡，她們相信那孩子終歸會平靜，或許再出世為人，或許去西方極樂世界。後來，她們沒再提起過我大堂哥。當港口的水道計畫變成公園的那一年，那是我大姑姑最後一次提起，我那曾擱淺在港道裡的大堂哥。

大堂哥以下的同輩孩子和小輩們，全都吱吱喳喳拼命表達意見在這塊土地上。炎熱的天氣，彷彿還能聞到沼澤泥土的氣味。港口邊的風大，有時候都以為海洋能輕易在老家漸漸低矮的道路上，就那麼偶然被不經意所望見。彷彿那裡仍舊只有土角厝、三合院和草厝。曾經，也有過高架起來的茅草屋。她那招贅的男人對著自己的孩子說，搬到哪裡都一樣。她男人的孩子也即將被招贅。那木訥的年輕人頻頻回望自己長大的古厝，卻不是他的祖厝，他從今往後會姓別人家的姓，他會成為別人家的孩子，一如他之後所誕出的子孫輩。他還是望著她，以渴求，帶著悲傷卻同樣期盼的目光。她坐在高起的祖厝廳堂內，看著他離去的模樣，則彷彿他是陸地，她自己則是一艘船，她既不悲傷卻無法捨得，她相信那是她的命運，也是他的注定。

叔公家那個和我不同姓的叔叔，一起跟著我父親，一同在我祖母的照料下長大。我叔叔離開臺灣的那天，我覺得他才是一艘船，而我們整家頓時成為陸地。

巴達維亞增兵後，荷蘭傳教士領著新港社人，進入麻豆社的範圍。新港社人原居住在臺江內海，屬於赤崁社人。臺江內海的臺窩灣社人後來遷徙安南、府城市區、永康、仁德和歸仁。荷蘭人征服小琉球原住民後，把小琉球的女人都送進新港社，新港社或許因此壯大，是樹大分枝？抑或是策畫著加速逃離荷蘭人的範圍。新港社人往西也往北侵入大武壠社居住的區域，漸漸與蕭壠社和麻豆社對峙。

那俗稱鯨魚棲息的地方不再平靜。沙洲上的浮覆地有更多村舍和各社紛紛移動，他們有的是統稱的漢人，有的是通稱的西拉雅人，在海消失的地方漸漸忘記倒風內海的三大海汊港，鐵線橋港、茅尾港和麻豆港以及臺江內海的大城蕭壠城、七股溪水道上的含西港和安定的直加弄港。竿寮、灣港、柴頭港、營樹腳港……到喜樹仔港，有的地名還留存，有的早就改名換姓，港口與船隻漸漸被田地和建築物取代。

誰又是何時上岸的人群，何時遷徙，跟史前人類是否有直接關聯？留下的文物、習俗和生活，能否斷定出彼此曾經的緊密？祟鳥占的痲豆社和出土疑是公廨屋頂裝飾或是祭祀用品的鳥頭狀物，卦象、紙人和請神等等的巫文化真實來自何方？我父親小時候看過番神的神將出巡。港口邊大廟的收驚儀式，都以小小紙人為替身。有人只需要口中念念有詞，就能幫人收驚。有的宮廟請神明幫人辦事。有的是單純米卦，未見任何神祇。有的拿香，朝外拜了又拜，聽不出究竟是對何方神聖祝禱。

我記憶中的童年，總在翻越那些大橋，走過那些大溪，去到某大間廟宇，為了幫某個親人祈福。沿著牛車行經的道路，後來拓寬成左右各一線道後，接著兩旁還可以停車，路越來越寬。是騎著過去的小路，如今的主要幹道，穿越以前只有竹林和竹屋叢生的地方。後來，每幾年就換一次模樣，再往前的道路是沒有紅磚裝飾的柏油路，兩旁原本的樹叢現在都成為了非常狹窄的美麗透天別墅，依然開著小吃店，宛如過去牛車時代的棚仔腳攤販，正因應時代的演變，也同時不變著。

一個人騎車的時候，比較能夠看得多也想得很多，和被人載的風景迴異，和開車搭車的視野完全不可能相像，變與不變，可以想到曾讀過的書，回憶《易經》的所有卦文……有關於最初，在廟外的贈書區域上，我還拿過《道德經》、素食料理書籍和佛書漫畫，很多人則鍾愛琉璃光芒萬丈的彩色小佛卡。以為改變了，然後水溝旁仍長著大花咸豐草。在南部有些路上，看見那水泥小小寮子，在大排旁，在水溝邊，在道路上的一小角，仍然認為那裡的確很久以前就是草寮那種東西，放置著土地公神像，是哪一座廟的五營，很可能是養著牛的棚子，道路就那麼繞過去那種大部分現今都已廢置，可能微不足道的建築，或者恰巧就在路邊，沒有需要去拆除或是整理，除了它們原本的建材不一樣，感覺還是一樣，就算用途不相同，仍然會有奇怪的錯覺停在那種小空間上。

彷彿陸地是無止盡長著，有海聲在遠處濤，有溪水聲在嗚咽，偶爾行過的車子，如同那些偶爾出現的老舊小空間和驀然聚集的村落，原始的草原在柏油大道的兩旁，彷彿那些陸地剛從海邊長出，還會持續下去，讓那些老村落更加低矮與狹小在路旁，呈現如同墳地般的灰灰白白。

那些廢棄河道、支流和大溪裡的灰灰白白砂石，風一吹便捲起灰灰白白不再嶄新的柏油大路上微塵，刮蝕那驟然就在老村莊旁邊的岔路。全是一條又一條在那些很小的舊路旁，猛然就長出的，跟更老舊的那些道路幾乎沒什麼不同，彷彿還有牛在一邊走著的新路。

沿著新路，那些大溪邊和大道邊的大廟出現……我最常回憶起的，是許許多多人推著我前進的某一個片刻。或許是因為重要節日，至於是什麼日子，我早就不復記憶。那些大馬路邊圓圓巨大的建築物，有些是天壇，有些是金爐，相當巨大的人造物都像是一直生長的陸地，膨脹著而寬廣著那些灰灰白白的新舊領域之間，是不存在的過去也是再度復活的曾經般。

那是我第一次到麻豆代天府，廣場裡擠滿許多人，最多是阿公阿嬤領著小孩進進出出，還有年輕人跪在王爺面前好久好久，時間就如香在飄動，廟裡的香火各自飄送著不同人的時空，就是剎那寂靜了下來，我的時間沒有聲音的交集著另一個人，那是一名國小六年級模樣的長髮女孩走進麻豆代天府，有人說那女孩是月亮的小孩，是土地公轉世，是我眼裡宛如仙女般的影子，更像是神一樣的奇異，宛如雲霧般輕飄飄那麼經過我的身邊。那白髮女孩的祖母和父母拿著香，著實在王爺面前佇立好久好久。有人似乎說過，他們在祈求王爺讓白髮女孩能夠平安長大，從此長命百歲。

很多年之後，當我在麻豆代天府又遇見一名有白化症的女士，我不知道為什麼，我覺得那女士就是當年仙女般的女孩，我頓時感覺到一個故事的圓滿。

我在公媽龕下，發現了我太祖母、曾祖母和祖母的過去。有過一段日子，我過得很辛苦，也曾尋著我祖母的腳步，去到各大廟祈福。就在那時，我發現小時候記憶的土城媽祖廟周遭環境好像並不是現今的模樣，更海邊的天后宮早已被田野包圍，水道仍然盤根錯節在臺南的陸地，不只提供自然生態和聚落生存，還成為地名，也成為社名，並諧音成為與明鄭時期有關的區域。後來那些名字變得很古怪，蠔殼港（蚵殼港）不在海邊，而是深埋曾文溪溪床。老照片也成了追憶水道最好的證據，安平的墓地在海邊，在那個一轉彎，就可以看見帆船的地方。我在那轉彎處，騎著機車，一樣的位置，卻是在陸地上，墓地在我右手邊，海已經離我父母年輕時的記憶很遠很遠。

臺南大部分的陸地曾經浮出海面上，然後又回返海下，而在那陸地地殼與海洋地殼的推擠下，陸地邊緣的福爾摩沙若船浮出海面上，成為一大塊陸地地殼的邊緣地帶，翻越西部，往東部眺望，那海洋地殼仍在向外擴張，彷彿是南島語族所說的現世旅途。

第二部

你看，到處都是海，以為沒有城牆，每一處海域都有所屬的國家，我們不能輕易靠近，你永遠不知道出現的會是什麼，海盜還是軍艦，也可能是海底地形高低差的可怕內波，海水密度和溫度影響著內波的驟然現身，旋即便能壓碎潛水艇，就在那些看起來好似都一樣的風景，很平靜，卻早已如不同次元，水還是隔絕著隱形的道路和危機，我們有時候不知道是進還是退。

游泳

那個地方，我很久以前就想不起來究竟確切位置在何方。帶我去到那個地方的人，已經離開這個世界二十幾年。這個世界，是我目前所感受到的，可以用走路、騎車和開車方式，就能環遍的福爾摩沙，是一大塊的島嶼，至於離島，可以靠坐船坐飛機的方式往返。在那藍得像是化學提煉出的鈷藍色海域上，那裡有許多小島和礁嶼，彼此被海水間隔。很久以前那人帶我去的那個地方，被時空阻隔了。當那人開著貨車載滿許多小孩前往海邊，那樣的時光就像是桃花源，在滿車人又回到原本生活的空間後，宛如颱風過後所斷掉的道路，許多地方早就無法再次復返。

走過長長養殖池的堤岸，那是不存在的海灘。四周沒有樹，也許地上都是黃色的沙子輕輕飄起又落下。更多情況，低頭往海邊看，永遠是被打得濕漉漉的那種暗色到像是黑色的泥沙，枯掉倒塌的樹木不知道是從何處出現，呈現掙扎的模樣，那些失去水分和樹汁早已脆弱成風颳過就能揚成碎片的樹幹，好像是斷了腳的螃蟹，還在某個坑裡吐泡。

那人，我的舅舅，他牽著我，小心走過水車把養殖池打得啪啪作響的一個坑、兩個坑……表哥們都在前方邊走邊嘻鬧成水花濺起的模樣。天氣很炎熱，海邊一直都是那樣的氣候，白色到折射成七彩的日光、鹽、堤岸、道路和房子，我那時眼前的水花和表哥們也全都亦然。只有像黑色岩石的我舅舅，他牽著我的手，大部分的黑色，卻也慢慢在我眼前折出七彩的光。我被牽著的手跟著舅舅開始搖晃在海面上，我那應該只有四歲的手，還是五歲的身軀，究竟是幾歲的腳掌，那拖鞋踩過幾乎只有白色色光散出的水泥通道。表哥們把水泥顏色般的斑駁衣服一脫，海浪瞬間就打濕他們的身體，連同他們走過的沙子路，他們的拖鞋在白色的海浪裡漂，有人撿起自己的拖鞋，用力往岸邊一扔，拖鞋瞬間就變成泡泡般，全都是白色一片。我回頭望，身邊的舅舅是那海邊唯一的岩石般，黑色的晶亮晶亮。

我們又走上水泥路面，走著走著，水泥路就像是驀然消失。稍早之前明明沒有發現，黑色泥沙鬆軟軟像是一隻巨大松鼠躺在海和水泥路面上。我有些害怕。舅舅仍牽著我，走上那松鼠般的灰灰黑黑毛皮，腳趾連同拖鞋都直滲入松鼠般的皮膚和肌肉。那是一隻沒有在運動的松鼠，身子太軟了。我的腳越踩越滑，就越陷入那隻看不見眼睛，分不清楚頭部和尾巴，彷彿是死掉一般的松鼠。我嚇得想逃回水泥路面，怔怔看著的是一隻可怕的妖怪松鼠般。舅舅仍牽著我，一步一步踏過那巨大松鼠身軀般的黑色地域，表哥們則還在海上對我和舅舅揮揮手。

究竟是前肢還是後肢？是水泥覆蓋住超級巨大松鼠的大部分身軀，還是一隻比恐龍還大的松鼠突然就壓壞了水泥路面？我回頭看水泥地較高，離海已經有些距離。我脫掉拖鞋站在海浪打得到的位置，想要讓海水洗掉我滿腳的黑色泥沙。竄入腳底的水很冰涼，我忍不住打起哆嗦。我的鼻子和額頭很燙，我的雙手也被太陽曬得熱呼呼，因此蹲下，我把手伸進海水中，放在軟綿綿像是鄰居阿嬤墊床的古銅錢那種生鏽後的青銅色，感覺自己的手頓時也變成像是古老的物品，泛著青銅色的光在搖來搖去的波光下。除了頭部，我幾乎把整個身體都放入海水中，以蹲踞的姿態，像是一叢海葵，低著頭讓鼻尖幾乎都要碰到海水。我看見海水下的自己，手是青銅色的，腳也是青銅色的，身體也是青銅色的，衣服也是青銅色的，鞋子也是青銅色的，我好像是很久以前被人遺忘在某個角落的那種老東西。

透過水的折射下，我的手在水中動作的速度變得更慢。我那喜歡坐在騎樓的祖父，看上去也是青銅色的，他好像一動也不動，在夕陽落在地平線時的灰青色天空下。廚房外的銅器洗臉盆，也是灰青黯淡著原本鈍鈍的金色。以及那海邊水泥通道上的房子、道路、堤岸、鹽和日光，也青銅色在海面下。我慢慢把頭放入海水中，那隻原本黑灰色的巨大松鼠，也在我眼前變成了青銅色的雕刻品，水慢慢雕琢或是洗去那巨大松鼠的樣貌。

那時候的我和那時候的海邊早就已經消失不見蹤影。海水或許雕出一隻更龐大的松鼠，水泥和柏油也緊接著漸漸覆蓋住那些雕刻松鼠所必須的泥沙，溪流流得更遠了。如果溪流一直在賽跑，那像是目的地一再變更的馬拉松比賽，選手們無法休息，只能繼續跑，直到那遷徙後的目的地出現，選手入了海，終於成為海的一份子。

很多東西都會被送進海裡，他們說那些是不好的東西。有人用一根繩子在水道旁的樹林，悄悄結束了生命。很久以前的大人說，要把那根繩子燒掉，然後請道士超渡那可憐的靈魂，接著把那悲傷的怨氣，順著那水道，一路送到海邊，那今生今世的糾纏就會沒入海中，被神給救贖。這是小時候的我所解讀大人們所說的那些故事。有的老人家們會說出，像是「海伯」那種聲音。他們說的是海沒錯，又不是單純指海，感覺像是神明，又像是靈魂，是一個人的命運也是運氣。他們說有好的「海伯」，也有壞的「海伯」。長大之後，認識的朋友來自「嘯海祭」的村莊，朋友說神是一個叫做阿海的人，阿海救了大家，就跟其他村莊的阿立祖一樣，朋友家的神是海祖。海吞噬了生命，也返還生命裡的希望。

出社會認識過一個朋友，他說自己喜歡為神明工作，假日就去幫神明服務，他熱衷跟神明一起旅遊。坐在遊覽車內，看外面的景物從田地變成山丘，由山丘又落入田地，其中穿越許多條河流，經過古老的二樓半透天聚落，望見屏風一樣的山護衛一幢幢建築物和一輛接一輛的車子。溪邊的鴨與鵝則彷彿還能找出舊時遠祖上岸的水道，飛過的鳥卻漸漸在風中迷航，油桐、苦楝和鳳凰木要等開花才能被人分得清楚，而遠處那一處處的山丘、平原、河川和橋樑是分界，也是聯繫，從一個縣市越過一個縣市。那位朋友總是很期待神明回祖廟的儀式，更期待從祖廟分靈到宮廟的儀式。他總說想開天眼，他想親眼看見神明，像他師父所說的那種七彩具有力量的光芒燦爛在這個世界。好像這個世界真的不只是課本所說的那樣，而是有更多值得探討和想像的空間。

神究竟住在哪裡？又是以什麼樣形式存在？我對神的第一印象，始終是公媽龕下的花瓶，那裡面曾經有水，那花瓶還插過圓仔花，和我記不清的花朵。在學甲，每年保生大帝生日的蜈蚣陣總吸引很多人觀賞，所有活動儀式的最後一環，就是到將軍溪請水，廟方說是要懷念大陸保生大帝的家鄉。而在蕭壠社的聚落，蕭壠社會在河海交接地帶請水，學甲和將軍曾是蕭壠社的活動範圍，地理上屬於倒風內海，是瀉湖，是河海交接的地帶。海看似在吞掉河流，其實是河流在吞噬海，安南十二佃離海邊越來越遠，請水的儀式從來沒有間斷。

在西拉雅的世界，水是盛載靈魂和力量的工具。西拉雅的神就在水中，水能進化惡靈，水也能束縛住力量。海水送來祖先，西拉雅夜祭中的牽曲，是歌詞，是故事，是無法忘記祖先，還是無法忘懷海。南島語族的社會認為靈魂的故鄉就是海，意外死亡的靈魂遺體必須送回海洋，海洋在西拉雅的世界是住著最高統治神的地域，那裡象徵死亡也寓意新生。

倒風內海有九個港道，井水港、鹹水港、鐵線橋港、茅港尾港、麻豆港、埤頭港、佳里興港、灰窯港、頭港仔。港道是水道，是河流發源後，遠離源頭的道路，往往注入大溪或大海的方向，也可能沒入陸地下，再也無法前進。從文獻上斷斷續續的記述，福爾摩沙是一個島又一個島般叢聚在某些位置，七崑身、六崑身、五崑身、四崑身、三崑身、二崑身和一崑身般的山峰，砂土而成，任風和浪去滔，長荊棘雜木，有民居。雞籠是一個島般，大員也是另一個島。水道佈滿整個福爾摩沙，一個個斷開了西部的海岸線，在臺南成為了兩個內海，倒風內海與臺江內海。臺江內海有更多的港道，將軍庄、歐汪社、歐汪港、蕭壠港、卓加港、含西港、竿寮港、直加弄港、灣港、木柵港、堤塘港、石橋、三舍、營樹腳、新港、洋仔港、蔦松、洲仔尾、小橋、大橋、德慶溪、福安坑、竹溪、瀨口和喜樹仔。

井水港在我記憶裡，是一座村莊，那裡原本似乎沒有道教的神明，某年瘟疫染遍各港口，有人說那是一種黑死病，是鼠疫，彷彿歐洲中古世紀一樣。老鼠跟著貨物移動，貿易帶入了許多老鼠，小冰河時期的末年，仍然有幾次降下明顯的冰雪在北福爾摩沙。南方則是瘟疫頻傳，究竟瘟疫斷斷續續存在了百年還是數十年，最終是文衡聖帝（關聖帝君）救了鹹水港的居民。老人家說起，井水港也拜託鹹水港的文衡聖帝到井水港平定瘟疫。硫磺的確消毒了環境，煙火、元宵節和蜂炮是之後的故事。井水港居民聽說霸佔了鹹水港文衡聖帝，他們的廟宇不肯歸還文衡聖帝神像。不管是文衡聖帝到井水港作客，還是上帝爺公到井水港作客，故事的最後都是神明托夢，請鹹水港的人在某座橋上等，等時機一到，神像自動飛出井水港的廟門，直往鹹水港等在橋上的神轎裡鑽，鹹水港人總算盼到神明歸來，一等神像入座神轎，抬轎的人便死命往鹹水港的方向衝。

這樣的故事不只出現在福爾摩沙，在海南島也有一樣的故事。老舊的村莊借了新村莊的神明不還，彷彿老舊村莊裡的制度在瓦解，功能在失調，人口或許也因此外移。在僑鄉區域的島嶼都有相同相似的借神明故事，那些島上原本的宗教信仰因此被遺棄，或是被淡忘。原本的神不再治病般，原來神的替身，巫還是祭司也躲不過未知的病情，那些外來的好「海伯」和壞「海伯」，擊潰老舊村莊的寧靜，老村子終究失去了自己的「海伯」，迎入了新的「海伯」，那些「海伯」是道教佛化等等的神明，也帶入了自己的乩身。

曾經有過海洋黑種人存在於海洋的地域，最終高大白皙或黃褐色的人種取代了捲髮的海洋黑種人，海洋黑種人並沒有死去，而是被改變。海洋黑種人也可能是離開，乘著獨木舟到遙遠的海洋世界生活。

我都記得我在那什麼都青銅色一片的海水裡，被某表哥牽著，我像是一塊漂流木在離岸不遠的地方漂著。眼睛很痛，海水很苦，我的身體維持不了多久，就想站起，讓鼻子通通空氣，把嘴裡的鹹苦都吐得乾淨。然後我表哥還是說要教我游泳，他叫我繼續俯躺下，在青銅色的波光中，我瞇起眼睛，被迫在海中數著時間，直到我再也無法承受缺氧的痛苦，我又站立，甩開硬要教我游泳那表哥的手，我往岸上走，又踩著那不知為何瞬間乾燥的青銅色土壤，就像是一隻鬆軟的灰黑色松鼠早頃刻間被希臘神話故事裡的梅杜莎石化。

我因此沒那麼害怕，就坐在岸上，學不遠處的舅舅釣魚模樣。

有一個表哥假裝自己是不需要氧氣的生物，他久久才從海水中浮出，像是一隻海豚般，吸吸空氣，又讓自己沉入。然後一動也不動，他把自己定置在海水和海水之間，他自己就像是一個時空、一艘潛水艇、一層異於海水的青銅色、一股對抗著其他力量的微小海流、一道熱熱的水流、一條道路，指引一群魚蝦和浮游生物游過，然後繼續維持一個密閉的盒子和一個異於其他海水層的生態，像是一座微小的海底森林。二表哥說那個表哥如果再繼續那樣閉氣下去，他就會成為真正的海底森林，孕育出無數的厭氧細菌、微生物和藻類。

那個表哥還是久久才浮出水面，安靜得就像是一種固定的設施，被裝設在海邊附近的海域，他浮浮沉沉幾次，直到我的魚鉤跟隨海浪漂呀漂，漂到那個表哥的頭髮，他那一頭捲髮像強韌的漁網緊緊鉤住我的魚鉤和魚線，我用力一拉，把那個表哥從海水中拉起，他痛得眼淚和鼻涕狂流，怎麼拔也拔不開那纏繞的魚鉤和魚線。

那樣平靜在海水裡的表哥，彷彿從那一刻開始消失。有時候，我會以為是海洋把那個表哥吃掉了，或者是被留住了。隨著年紀增長，那個表哥的性情越來越火爆，終於在一次意外，離開了。

海已經不在那個地方了，我確信。那樣平靜在海水裡的表哥也被越來越遠的海水，推往了無從得知的某種地域，彷彿他是一座島，另一塊陸地，連同英年早逝的舅舅，一塊黑色岩石般。

外傘頂洲則是會移動的島，小時候，外傘頂洲在雲林，我在雲林聽過許多奇怪的福爾摩沙語言，他們說「阿賴」、「打賴」還是「拔賴」，都像是芭樂的閩南語讀音，意思都接近於輕視蔑視人的意思。一時間，也無法清楚究竟是芭樂先被說，還是什麼什麼賴先被說。那些語言不像是閩南話，倒是很像南島語。後來認識的雲林朋友跟我說，他的祖先是福建的原住民，是古閩族，也可能是古越族，也就是現在東南亞先民之一，還有馬來半島的祖先。而原本居住在東南亞和馬來半島上的海洋黑種人，大部分都到了新幾內亞，只剩下少數的族群還在半島上生活。

我搭大型竹筏到外傘頂洲的時候，卻是要從嘉義東石出發。同行的友人說自己小時候住家的旁邊有山，他曾經看過猩猩般的物體在山林活動，那些黑色的生物直到現在都讓人難以置信。布農族忘記地底人聚落的入口，排灣族說矮人已經離開。那些較為瘦小的海洋人種，是否還在福爾摩沙境內，或者早已在航海時代，趁著風強烈颳過的明亮星夜，坐上樹木鑿空的獨木舟，往他們才知道的陸地行去。

福爾摩沙各地都有七星墜地的風水信仰，原始的七座山峰排成七星的模樣也不少。七星可能源於對於北極玄天上帝的信仰，七星可能是一種符號，是記號，像是航海地圖中的指引，告訴看懂的航海人，福爾摩沙對應的是哪一顆星星，哪裡是福爾摩沙正確的位置。

福爾摩沙並沒有固定的樣貌。一萬五千年前只有東部才有海洋，那裡是地球最古老的景色，平靜的太平洋像是沙漠，無風帶看似一種密閉空間，跟其他太平洋隔絕開，成為一座迷宮，一種次元，直讓人連海水和沙漠都分不清楚的錯覺，一樣的炎熱乾燥，卻聚集傳說中的鯨魚群，那裡有過一隻魔鬼般的鯨魚，牠有無法讓人理解的攻擊能力，牠是梅爾維爾白鯨記裡的主角，牠是莫比・迪克，牠其實是一隻頭部有著白色傷痕的雄性抹香鯨，牠絕不屈服捕鯨業的時代，牠是主動出擊的勇士，像是擁有老舊部落裡的獵人靈魂。

福爾摩沙是兩億年前白堊紀誕生的，福爾摩沙的西部在六億年前也曾經是海。五千四百萬年前的福爾摩沙像兩塊大島，中部是淺海區域。上一次冰河時期出現時，德氏水牛、古菱齒象和早坂犀牛走進了左鎮，大坑的山上則有劍齒象。十一億年前的地球並不是現在所看見的地球，目前的地球板塊源於三億年前的盤古大陸，那裡有熟悉的歐亞、非洲、印度、北美、南美、澳洲和南極全都擠在一塊，和十一億年前分散成島嶼狀的羅迪尼亞大陸有很大的差異。或許曾經有過勞亞大陸，澳洲和南極慢慢分開，歐亞和非洲也在分裂，過去在地球板塊中心出現的生命，都隨著歐亞和非洲分開，逐漸走上遷徙之路。一條從華南走，一條由東非經過。生命、氣層、水文和地域慢慢躁動，時時改變自己的模樣。

佳里北頭洋的小丘據說來自將軍鄉，是巫術讓飛沙崙移動。有人說西拉雅的世界都住著蜘蛛精和妖怪，那些精怪會敗壞華化的社會，他們的尪姨（女祭司）都如勸天照大神從天岩戶裡出來的日本第一個巫女天鈿女，以誇張裸露的舞蹈引誘不肯出現的日光重回大地。

那些對著神跳舞的巫女，在降靈儀式中，誰也無法移動她們，她們的身體會痛苦顫抖，她們會拍打，她們會喝酒，直到叫人拿水來清洗她們的身體，儀式就快要結束，塵歸塵土歸土般，清水帶走了西拉雅世界的災厄。

華化的社會要對抗蜘蛛精，要抵抗自然崇拜信仰中的天然山石，那些模樣宛若男性生殖器官的石頭被認為是妖鳥躲藏的地方，華化社會力破西拉雅風水，從此家家戶戶安寧又平靜。原始信仰的歌舞不在，那些宛如日本神樂的傳統薩滿般儀式，必從此不復記憶。

尚白色崇鳥崇蛇的世界，源於很久以前，或許是還不知道染布，或許白色織物才是最困難的技術。那些習俗曾傳說在黃帝以前的巫帝國，在古閩族與古越族，在福爾摩沙，也在朝鮮，還在日本，更在世界許多地方。蛇和鳥是很古老的動物，牠們的祖先都是恐龍。鳥和蛇都會救人，也會報復人。蛇和鳥幾乎跟人一樣，有著靈性、記憶和神奇的力量。

第一次看到巨大的蛇，在土城聖母廟。那蛇早已成為標本，卻著實驚嚇到我。跟人頭一樣大的蛇首，超過一層樓高的蛇身。那全身土灰，如一同挖掘出的古代武器和用具一般，彷彿浸了太久的海水，生鏽到發白的灰色。那蛇據說活了五百六十年，那蛇死去的時候，我還在就讀國小。有鄉野奇譚認為是寧靖王妃幻化的黑白雙蛇，原本即將得道，一場在高雄的施工意外，破了黑白雙蛇成仙的機會。有人說臺南海邊死去的巨蟒，就是那黑白雙蛇之一。

那故事中的蛇，好像曾經變成人，又變回蛇？還是人變成了蛇，然後以蛇的身體死去。蛇在福爾摩沙最多的傳說，就是蛇郎君。傳說蛇娶了某人的小女兒，蛇是靈魂幻化的，最後小女兒和丈夫都成為鬼魂，在另一個世界生活。眾說皆知的版本，則是後母與姊姊害妹妹，蛇郎君為妻子報仇。

蛇在故事裡似乎曾經是人，蛇最終成為異族，和妻子到遠方生活。

福爾摩沙南部山區的哆囉國人，由北往南在山脈間遷徙。據聞九二一大地震之前，動物全往南方移動。海洋人種是捲髮，我是捲髮，沒有乳糖不耐症，擁有蒙古人種的牙齒。那些頭髮捲捲黑黑的人離開了。沒有乳糖不耐症的歐洲人到達福爾摩沙。冰河時期從遠方走入福爾摩沙的人，是否留下，或是往更遙遠的地方遷徙。

我試圖想起，童年很常作過的夢，夢裡面的老家後方，曾有一座小丘，裡頭佈滿岩石、樹木，還有水聲嘩啦啦，夢中的我跟著水聲走，爬了數十塊岩石，才發現有一座深潭在山丘，那是小丘裡所有小溪小河的源頭，我曾經在那青銅色般的深潭裡，看見有人游泳。

如今，我的老家後方是水道也是公園，沒有深潭的蹤影。

浮與沉

灰色的海面上，傳來咚嗡咚嗡聲響，都像是塑膠浮桶打著船隻發出的聲音。撞擊的地點很淺，就在船下不遠的位置，彷彿真是浪花打著船隻鋼板的聲響，浪潮圍著大陸棚的邊緣，咚嗡咚嗡著，像是在敲門。

那時候，真的想遠遠離開福爾摩沙，她想著。如果無法一起相處，那麼總有人要選擇離開。別名F的男子失了控，他放任長期生活裡的不被理解、缺乏關注、無法讚美和總是批評的負面言行隨著他越來越暴躁的情緒，一起撲往他們的生活。曲解的言詞使他們彼此越來越疏離，彷若其實他們想疏離的，一直是在福爾摩沙上的日子。

他不再跟她說話的時候，她真的坐上船，遠遠離開他們都想逃走的地域。她完全沒有回頭，想去看那福爾摩沙真正的模樣。她盡量讓自己坐在船的最前面，努力讓自己闔眼，不管別人在船的後頭笑鬧著，又看見幾隻飛魚和海豚。她想像前方的島嶼更加美麗。並不是想像，那是隻一動也不動的巨大史前生物，看起來很堅硬，海浪無論多麼強烈，也無法使那生物受到任何傷害。而她早已被那強風大浪嚇出一身冷汗。海面上的天氣一點都不糟糕。有人告訴她身旁的乘客說：全都是因為海面下的氣流。那人想說的是海流，是巴士海峽裡的黑潮支流和冷冷的海水正在較勁，南方海域上的漩渦很多，漩渦下的地域比島嶼上的高山峻嶺還要艱險盤踞在海面下，船身一邊主動繞行，一邊被迫迂迴，在海流上山下山間，破浪起兩、三層樓高的險峻環境。

海洋跟陸地比起來的差別，在她那時暈眩的腦海裡，不過就是瞬息萬變與千古一變的差異。在海洋行走，不能只依靠地圖。海流隨時會改變海面上下的地形般，讓前一秒鐘的平靜無波，剎那間都成為雄偉山域。船被翻攪著，如河流裡的石頭，一眨眼就下切到很深的峽谷，一下子又被帶上高山，然後是寬廣的河谷，湍急的凹凸不平河道，階梯式的往下降又往上升。那裡一切事物仿若被隱形，應該出現聳立前方的大山，整艘船爬了上去。然後是陷落的地底迷宮，她感覺整艘船都在迂迴繞行。也許是一座看不見的遊樂場，她搭乘的是摩天輪般的錯覺，更像是雲霄飛車和海盜船等遊樂設施。

她卻什麼都沒瞧見，彷彿前方是種異次元，存在著干擾的磁場，卻因為不同時空而無法讓她的感官去感受，如同這個地球時空裡的感覺。船首前的景色依然未變，唯一能瞥見的，還是那隻一動也不動的生物。有黑色剛強的甲殼，更像是恐龍身上的鱗片。如果要說是鱷魚身上的鱗片，那當時她所見到的生物一定是隻超級巨大的鱷魚，比恐龍還要大。那怪獸聳立的鰭，她早就看見。感覺是最突起的背部，至於頭和尾巴，她什麼都還沒瞧見。有過一種念頭，那生物的首和尾或許是暗礁，生物是能夠在水裡生活的怪獸，那怪獸埋住自己的頭和尾，像是在睡覺，更像是鱷魚在捕獵。鱷魚一動也不動，直到確定獵物就定位，鱷魚一張口，獵物怎麼逃也逃不了。她覺得自己完全被困住了，心情十分沮喪，從福爾摩沙到蘭嶼，也許什麼也逃不開。又一隻陸地生物在等船靠岸，然後船會離開，人停駐在島上，彷彿什麼也做不了，又什麼都理所當然被執行著，以某種方式生存，然後又回到海洋，再度等待陸地，下船的時候，房子都像是燈塔在指引著人們。

那些房子沒一處是她的家了。她想像著蘭嶼是否也跟福爾摩沙一樣。最終仍是自投羅網到又另一隻怪獸盤據在海面上的地帶。她或許因為擔心，那樣的陸地究竟是自己的歸屬還是流放，她越發感到不適的暈眩，都使她的背部掙扎著擠出冷汗，她的額頭也都是豆大無味的汗水，沒多久就連心口也在冒汗。海水越來越高聳，就像是一座山，時而平靜如高原，時而顛簸如峻嶺。她的頭一緊一鬆，規律釋放著那些痛苦的汗水，漸漸連胃液也跟著一緊一鬆，被推擠上喉頭的部分。

那一刻，在她腦海裡，就只能祈禱著眼前那隻古老生物的救贖。她告訴自己，船就要靠岸了。她明明早就看見那座島嶼，為什麼還是無法迅速靠近那座島嶼？她的頭又痛又暈，她的衣服早就被冷汗浸濕，整個人癱軟在船上座椅，如同一隻從深海被撈起的章魚。她失去了支撐的能力，吐了好幾回。那隻巨大的生物一動也不動，可是船也彷彿不能動作般，她覺得雙方似乎為了某種因素而僵持不下。

她試圖在船上，想要好好睡上一覺。學她遠古的那些祖先，他們究竟航海過哪些地方。中文所紀錄的故事，夏禹就造過帆船，近海的航線一直是沿海居民的主要交通。《新唐書》則說明廣州的水運能到很遙遠的國家。元代的汪大淵自費海外遊歷，到過菲律賓還去了澳洲，寫成《島夷志略》。從大西洋出發，還是由太平洋開始，西班牙和荷蘭就曾經在不同的海洋地殼上啟程，最終都到達福爾摩沙。

除了對神靈的記憶，以及語言充滿對海風、季風和船隻的意義，沒有人知道鐵器時代的福爾摩沙人是如何出現，與新石器時代的福爾摩沙人又有何關聯。

她對於她祖先的生活是一片空白，她面對自己的人生也是什麼都沒有般的虛無。她像是沒有智慧和文明的種族，坐在一艘佈滿其他擁有智慧和文明種族間的船內。祭品般的錯覺，如同她是一名船難後的剩餘者，恐懼和不屬於該團的被害妄想正在撕裂她的理智。她吐出的胃液都像是某歐洲人偽造的福爾摩沙記錄下，那祭壇裡萬名青年的鮮血，她的手和腳被賣掉，她的身體正在被吃掉，還有人說腳踝的味道好極了。她幾乎就要衝離座位，往海面上跳入。那裡的水是冰涼的。低於她的體溫，似乎才可以保存她僅剩的殘缺身軀與意志。她沉沉睡下了，夢裡，她是船，船也是她，整艘船上的生命都是船的某個部分，船緩緩往古老生物存在的地域前進。

她是被身旁的遊客搖醒，彷彿解除了船與她的聯繫，她感覺時間在倒轉，她從祭壇上躍起，她離開祭壇，她茫然在叢林裡的夢，直到又一個遊客催促著她下船。她茫然望向水泥港口裡的景色，早些時分下船的一群人帶著墨鏡，她認出其中一、兩個是電視演員，他們穿得一身黑，連腳下拖鞋都是黑色的，正快速遠離港口。她那時仍恍惚如同是一名非法居留者，驀然搭起海上的便船，根本不知道未來會發生什麼樣的事情。

如果她是一座島，或是暫時成為島形狀的生物，她會看見太平洋的腹部，有許多船隻在海面上行走，多半是獨木舟的樣式和幾隻槳在海上散步。圖盧瓦人訓練海鳥導航，有些鳥類天生就有自己的固定航線，例如長尾杜鵑。環礁連著環礁，能讓水手在近海不至於迷失方向。雲朵和陸地的氣流，也能導引船隻穿梭太平洋上的各個島嶼。

她在白天和夜晚大概分成六個時辰的時間裡，宛如是玻里尼西亞人在每天的不同時辰裡，找尋對應的星星。那麼她就不會偏離方向，永遠在一開始設定的航線上。那麼她會從島嶼出發最終又回到同一座島嶼上，除非她變換航道。

但她是一座島，她很樂意當一座島，假想自己是蘭嶼，是一座海洋地殼隆起的島嶼，跟福爾摩沙截然不同。她似乎才終於沉靜下，繁雜而幾乎快要失控的情緒，去重新認識島嶼。那是座擁有火山和火口湖的島嶼，上山的路很陡峭，無論是行人走的階梯還是汽機車行駛的山路。島嶼本身與海洋接壤的平地很狹窄，到處是珊瑚礁岩和玄武岩攀爬在那座島的各處，全覆蓋成史前巨獸的盔甲般，樹木和那些爬山的山羊一樣，被風吹開了樹葉的林浪，卻還是什麼都無法看清楚，在那些山林小徑裡，究竟有多少奇異的物種和景象。她騎機車上氣象觀測站，一路必須一口作氣爬上，她氣喘噓噓停好摩托車的時候，早已被滿山的青白色野百合花給吸引。她看過向天湖滿山的百合、龜山島的百合……她在那氣象站坐了很久，看百合像是在叫風吹散雲朵，好讓海上的船隻能看見天空的星辰和氣象，能清楚知道航行的方向。

她其實不知道去哪裡。如同蘭嶼就是蘭嶼，蘭嶼不知道自己為什麼會成為蘭嶼，位在那樣的地方，會被什麼人居住，會吸引什麼人前往。島上的林投樹起初又是如何生長。那些草木、果實和芋頭，以及鳥隻、昆蟲與動物，又是怎麼出現在蘭嶼島上。

一年就那麼過去，二月的飛魚祭，三月招喊飛魚的儀式，四月螃蟹祭儀，五月祈福，六月收穫節儀式，七月房屋的落成禮和大船的落成禮，八月製作陶器，九月停止吃飛魚，十月製作石灰，十一月祭神節，十二月製作手工藝品，一月捕捉海鳥。

如果她是蘭嶼，她會度過什麼樣的歲月。當蘭嶼還是海洋地殼的時候，世界是什麼模樣。倘若蘭嶼是她，她究竟從何處來，未來又會前往何方。她是否需要朋友，連著的海洋地殼什麼時候會再變動。她又因何停駐在那海域上，像是中咒伏在海灘沉睡的睡美人，蘭嶼是否等著解咒的王子，蘭嶼是否曾經在夢中哭泣，當身上莫名出現有毒的人工製品。她假裝什麼都不知道，她還是知道卻苦苦承受。

她曾經在蘭嶼見過一個模糊的身影，永遠走在她騎機車路經的前方，無論她加速行駛或是刻意放慢，一個繞過岩石後的轉彎，她驚覺自己根本無法超前那個行走中的影子，那影子還是持續在道路上前進，從頭到尾沒有回頭看過她一眼。

福爾摩沙並沒有因為她的離開，而有什麼轉變。它不叫做福爾摩沙，它也許有別的名字，如同它是歐洲人故事裡的仙女之島，也是中國人傳說裡有仙人有仙藥的島嶼。它在每個人眼中都是不一樣的自己。當她搭船從蘭嶼回到福爾摩沙的時候，她整個人輕飄飄從海面上滑過去。彷彿不需要接觸海洋，她和整艘船的人正在遠離海洋地殼的沉重。陸地地殼的鋁很輕，她和整艘船都像是被海水從水中抱起，然後輕飄飄搖曳在海水的地域。

她離開座位，站在甲板上，當天的風浪很小，氣候宜人，有幾艘漁船正從陸地向海洋行駛。她對那些漁船揮揮手，定睛一看，發現有的漁船從小琉球出發，有的從東港出發，她則是要回到後壁湖，那是她搭船的地方。她記得回程的時候，墾丁的大尖山也如同一隻史前生物盤據在海面上。她大老遠就看見了，那體型比蘭嶼的恐龍身形小了許多，而那山岩石的模樣則像極了金剛靠著屏東坐在海面上。那是海洋地殼沒錯，跟綠島，甚至復活節島都很相似，瞧那些岩石嶙峋海上如同守護者般，真彷彿是神靈那種形象。

她覺得那岩石的形象是猶如某種指引，彷彿告訴長期生活在海洋地殼上的人類，這裡也是能夠生存的島嶼。

她又返回到自己的家鄉，看鄰居做著香噴噴的肉乾，然後她回想蘭嶼滿山跑的小豬，聽說其他島上長期都有豬隻的飼養。雞肉被當成食物在福爾摩沙，竟然要到航海時代。但她的祖母卻幾乎每兩、三個月就會煉一次雞丹，那些是濃縮的雞湯，據說對身體有好的助益。她發現二十世紀以前的福爾摩沙人圖像，老是被畫成肚子似乎比較突出的模樣。那是缺乏蛋白質的身體特徵。福爾摩沙人、蘭嶼人和其他島嶼上的人類都一樣，大部分時間都只有芋頭可以吃。她小時候就讀的班級，班上的每位同學也大部分都是四肢瘦瘦的，肚子大大的，連她自己也是，他們都吃著地瓜和白飯，一盤青菜、一點點肉末炒成的螞蟻上樹和蛋花湯，要到她國小高年級以後，家家戶戶才買得起雞腿。她記憶中，還曾經有一個朋友為了雞腿，暗自發誓一輩子和弟弟敵對。

她漫步到街上，一名老婦人開設小吃攤沒有固定的蒸魚或燒魚口味，漁獲來自附近老先生清晨起大早到河邊釣起的魚。老先生對老婦人說幾句，那幾隻魚的狀況還不錯。老婦人開了個價，老先生便把手中桶子裡的魚都倒進老婦人攤位下的桶子。

她逛過的牛墟，攤位多半也是賣魚的。也有賣菜苗的攤位，兩、三攤賣古書的老先生各自在自己的攤位上，目不轉睛看著古老的草藥筆記和武功要訣。地上擺滿各種農具用品，更多是賣盆栽、古董和小物品的攤位。有時候，她還以為會有人牽著黃牛還是水牛驟然出現，遠方溪邊的哞哞叫聲越來越近。她驀然動動耳朵後所傳入的聲響，大多數是吃東西的聲音，喝蛇湯的吸吮聲，有人吃著甲魚的肉塊，攤位上還有新鮮的蛇血。沒有牛。老先生們穿著雨鞋，提著水桶到攤位販賣的動物，有烏龜也有鱉，有的提著土虱，有的提裝蛇的籠子。嘶嘶聲和空氣打在水裡的啵啵聲微微擾動著，那些攤位原本的塑膠袋窸窣窸窣聲和碗盤鏘哴的聲響，鐵湯匙唰一聲刮過碗盤。輕輕的鏘鏘聲，像是有人在揀選筷籠裡的湯匙，也像是蛇的籠子和魚的桶子輕碰在一塊。

原本每個星期日都有牛墟，在古水道的旁邊，後來變成每個月只有一天。另外一個天天營業的市場，也偶爾消極起擺攤的數量，只在大節日佈滿逛市場的人潮。她跟著市集走的時候，就像划著一艘船在經過那些河港，河流上的港口多半有聚落形成，她默默由一庄划向另一庄。大部分的土地是旱地種著玉米，仔細看，才發現那玉米田的後邊都藏著巨大的河流，兩旁的田地還是鹽鹼地，多數種著較有經濟價值的番茄。溪水流得很平靜，猶如什麼變動都不曾發生。明明改過河道，有些村莊灰撲撲的模樣都彷彿是因為被河川遺忘，所以乾枯瑟縮在古老的道路旁。她很熟悉那些道路，原本養著水牛和黃牛的溪邊老村落終於失去了最後一頭牛。那村莊還是很平靜，就像是冬季的溪水似流非流般，有人悄悄開了低矮的木門，從土角厝牽出機車，引擎發出劇烈的氣體噴發聲後，機車騎過了不知道為什麼存在的小橋，橋邊有榕樹漸漸乾涸起生長範圍，那輛機車沿溪邊高聳的堤防走，很快就消失在她眼前。

在溪流轉彎處，通常會有廟宇。那也是道路轉彎的地方。她都記得要如何穿越那些河港邊的聚落，慢慢去到河口港的位置。其實不用麻煩，沿著增建的公路支系，就能快速通往那些位在較為靠近海邊的河口港。

她繞了許久，才找到機動竹筏還能進入的水道，水道在她那個烤肉乾鄰居的老家附近，要繞過一片已經是陸地的樹林，才能夠從往昔鹽田區域的地方，繼續往海的方向前進。

周元文的《重修臺灣府志》記載：「蚊港統隸南鯤身、北鯤身……皆漁船採補之所。」北鯤身早就消失在倒風內海港的淤積，南鯤身也早失去漁港的功能，原本位在海上的北門嶼，漸漸都跟陸地相連。

一切好像什麼都沒有發生。她原本就是一塊陸地，漸漸被海洋淹沒成為島嶼，旁邊的陸地幾乎都沉入水中，就此不見蹤影。馬沙溝外的海峽總像是鯨豚在水中翻滾，一圈又一圈的白色海浪。東印度公司的康斯坦特和培斯薩爾特兩名專員，在福爾摩沙勘查地形的時候，曾形容過蕭壟社的福爾摩沙人操練的情況。鼓與號角，蘆葦和竹竿，有人負責表演，大部分的男子則是一心想取得個人的勝利，證明自己個體的勇武。那海峽裡的白色海浪就如操練情景，誰翻落的船隻最多，誰沉沒的人群越多，是否便獲勝。

她在墾丁看見混同層的地質，才發現福爾摩沙有一部分是海變成的。那些海洋地殼就像是地底的有尾人還是矮人，藏在火山和玄武岩下，噴著悶悶氣聲，好似什麼都沒有的平靜著，也無時無刻操練著，像一場表演。攜老扶幼的福爾摩沙人與福爾摩沙的砂石，隨著海洋起伏規律而浮動成天然的海潮，上漲後又沒入，好似什麼都沒有發生般，也許已經發生了什麼。她一直以來的生活，都像是在聽著故事，明明是自已發生過的經歷，轉瞬就變成飄忽狀態的記憶片段，像海浪捲起又翻落，然後什麼都不同了，又好像一直是存在著一樣的人事物。

陸地地殼被固定在海洋地殼上，海洋地殼在很深的地方竄動，不一定會出現，但就如海洋玄武岩孔洞裡的微生物存在的事實。太平洋某處海床，被長達兩千五百公尺的海水和數百公尺的沉積物覆蓋，那地方暗無天日，卻存在著一個異於其他生態系統的繁盛生態，以氫氣為主，水平靜由玄武岩岩脈流經那海床的世界，此外一無所知，那裡究竟會有什麼樣的生物生存在那海床間，依賴那海床的環境，如同海床就是那些生物，那些生物就是那海床。

影子

他一整天的閒晃之後，召喚不到什麼魚隻。他清點著餌之後，望著穩定如小河的雲朵，沙岸邊的大溪往往會沖毀聚落和作物，再往上游行去的廢棄河道和大溪的支流，那些小河穩定著聚落所需的水源和交通，反而成為村落最佳的落腳之處。而主要港口和港道邊的大型聚落，卻往往會一夜間消失，又一夕間出現。

他剛從那樣的地方出發，牽著他那機動漁筏，載著他熟悉到閉著眼睛就能收拾好的工作器具，他卻還是反覆檢查那些老舊工具的破損程度，在堪用想法的驅使下，他一如往常踏上那簡陋的筏子，筏上的物品也都很簡易，除了那顆需要吃油會發出答答答聲響的馬達。撇開那規律的機動聲，他的船不過是一艘竹筏，上面擺著網子和籃子。他可以撐著竹竿便出發，如果忘記把馬達裝上。船上不可或缺的，是他必須記得的魚叉和捕魚用具。他捕的漁獲不多，也不需要下潛去拾貝類或海膽，但他還是需要浮球，或是一些空桶子。他的游泳技術不好，如果發生萬一，他大概就只能試著讓自己漂浮在海面上。但會游泳又如何，海上強大又複雜的水流，只會消耗體力。漂流不需要花多少力氣，不隨波逐流才會耗費氣力，致使自己往下沉，維持飄浮的姿勢儘管也需要一些力量，但沒有淡水喝的時間很苦，海水的確是又鹹又苦。在筏子上，那些來自海中的水母、海螺、魚和貝類卻能直接丟進嘴裡，海鮮的肉是甜的，海水還是很苦。他趁魚還是新鮮的時候，吃了一點。海水中的鹽分早已讓皮膚被鹽焗般，太陽瞬間就能烤起人肉。他拿塑膠布蓋住了那些魚，隨著馬達答答答的聲響，他就算沒抓到什麼漁獲，也只能返航。

一個人坐在港口，整理他的船筏。那港口就像是南澳、富基、永安、通宵、王功、三條崙、布袋、馬沙溝、四草、彌陀和後壁湖等港口，陸上有魚市場，許多船隻等著加油加水也加冰，也有些船隻正在維修中。他一個人靜默在自己曬得整身烏漆抹黑的影子間，手裡來回捕網的動作，都彷彿是他皮膚裡的那些暗紅色和紫紅色交替，逐漸成為他黑得晶亮的皮膚網。把瑟縮的網子撐開，那些早就被曬薄曬透的原本黃褐色皮膚，會使他跟他的孿生兄弟更像。他的兄弟不需要捕魚，他兄弟在海邊的工廠上班，那裡以前是海底。他住的地方才是海邊，現在是較為內陸的區域。那個地方在一六二三年的時候，就在大員附近，為了建造大員城的荷蘭船長萊爾森，命令康斯坦特和培斯薩爾特上岸結交蕭壟社人。根據他們兩人的紀錄，要去蕭壠城，首先荷蘭船艦要朝向東北東，航過六、七個平坦只有草叢的小島，水漸漸淺到只有沼澤溼地的時候，從土壤冒出的紅樹林樹根擋住了大船的去路，他們得換上中國舢舨，才能行入紅樹林中，直到寬廣的河口出現，那裡的水很深且滿佈沙洲，直到鹽鹵之地出現。一條小路能夠使人快速穿越陸地上的田園，接上往蕭壠城的大路。

那時候的蕭壠城是擁有優良港口和眾多梅花鹿的地域，那裡沒有城牆，沒有圍柵，每幢房屋間以竹籬為界，通行的道路很狹窄，沿途都有竹子可以乘涼，還有水井，有涼亭，也有公共設施，不遠處盡是森林，森林裡則有鹿和野豬。蕭壠城內的婦女都在海邊和小溪採集牡蠣與魚。

他在家已經捕不到牡蠣和魚。後來，水裡的垃圾漸漸增多。從山上往海邊的途中，溪水多了許多雨衣、雨鞋、清潔劑的瓶子、浮球、玻璃瓶、拖鞋和漂流木等等。河流匯入的交界，有時候也會有水母聚集，那水下就彷彿什麼都沒有了。他潛下海底好幾次，已經很難發現貝類的蹤跡。那附近的溪流和海底都很安靜，像是真的已經什麼都沒有了。

他兄弟的工廠前幾年才在那紮紮實實的土地上出現，如同一個孩子被產出，沒幾個月就能四處探索奔跑。看不出港道和溼地的痕跡，那些工廠是孩子，那些土地也是，海邊一切都在長大茁壯，變得更像是陸地的面貌。他曾經為那眼前的景象，感到不可思議。一下子路樹種上的時候，那些原本又鹹又苦的沙土，就能變得綠樹成蔭，商店一間跟著一間開起。他眨眨眼睛都感覺到水道彷若才剛從眼前消失。或許是颱風的緣故，大量的風雨會讓灣裏溪改道。《東槎紀略》記載：「道光三年七月……忽以水涸沙高，變為陸埔，漸有民人，搭蓋草寮，居然魚市……」

很多靠海的地方都曾經有漁港般的設施，港內泊地面積達一萬平方公尺以上，港內航道水深大於大潮平均低潮位以下一公尺。他把船開得就像是他兄弟在開車的模樣，海上的水路都像是柏油道路，他有時候也想像過，就跟他兄弟一起去工廠上班，做車燈，製造纖維，開大貨車進出除了工廠就是道路的陸地。離海更遠的地方才有房子，有生鏽般顯露斑駁樣的加油站，人車很少停駐。馬路邊的透天厝也幾乎像是人去樓空般的殘破。馬路通往內陸的巷子，才能聞到人氣。那些巷弄裡的屋子地基都來自久遠的老聚落，是不向著道路開設大門的透天厝和平房，一間穿插著一間，一屋又一路蔓延遠離，荒涼海邊的寬廣大路和貨櫃車行駛的公路。

他兄弟能夠跟他一樣駕駛竹筏般的小漁船，答答答聲中遠離陸地嗎？他是否想過。離溼地不遠的位置，總有人養殖牡蠣，他答答答開著漁船往海的方向時，也會有人答答答駕駛著鐵牛車，往海的方向前進。他於是覺得他自己跟他兄弟並沒有什麼不同。一樣流著汗，一樣辛勤工作。他兄弟為什麼不跟他上漁船，他又為什麼不跟他兄弟去工廠上班。他驀然還是會去想，然後以為自己在陸地上，看著陸地就像是一隻大魚。他和他兄弟小時候都看過鯨魚擱淺，那些黑色厭厭一息的大魚，好像早就活得很痛苦。沒有水，當然很辛苦，大魚受到自己重量的擠壓，擱淺沒多久便死去。他站在陸地上的時候，會覺得出航的船隻，是一尾尾的大魚。

他的外籍新娘離開他了，他幾乎都把船當成家，而睡覺的地方則在岸上，在一尾大魚的某個位置，他覺得自己就是大魚，為了看清楚自己，他只好到海上去遙望他兄弟工作那工廠的位置，彷彿是看著自己在那大魚身上。那是一隻擱淺在灘上的大魚，好像還活著。

在大型的養殖魚池裡，也必須依靠類似他那種的小型竹筏，以馬達答答答去巡視。打氣的水車也答答答翻起水花。岸邊都是白色一點一點的鹽結晶，竹筏上的人通常是老人。老婦人會把自己的身體用花布裹緊，頭上的斗笠也用花布包滿，直延伸到臉龐上，唯一外露的是眼睛，除此之外，雨鞋和手套也把肌膚都遮擋了。老先生則是隨性赤手赤腳，身上的白色汗衫佈滿破洞，黑色長褲都褪成咖啡色、紫紅色，然後泛白。一群人在逐漸成為海水地帶的老村子裡，補網，清蝦池裡的藤壺，望著土地越來越鹽鹼的面貌，祖先的墳墓都浸在海水下，剩下墳頭在水面上的模樣，宛若是一個人走在水中，鼻子以下的部分浸水。無法呼吸，猶如鼻塞。手無法自由擺盪，腳行走得困難，好似感冒發燒的身軀，細胞全然不聽使喚。露出水面上的頭和眼睛，都像是在倒數著，即將無法思考的下一刻。當水都淹過了眼睛，淹上了頭頂，他是否就會被困住了，然而還是繼續行走在那樣的水下環境，直到完全停止所有的思想與言行。

他朋友問過他是否想要投資養殖，船只要航行在養殖場內，不需要出海去捕魚。

那是幾乎平坦如海水般的道路，就連村落裡的房屋、廟宇和學校，也好似已經被海水淹沒，呈現一種毫無高低起伏的視覺錯覺。只因為沒有人在活動，所有的人造物和天然物體瞬間在那村落裡靜止不動了。就連他也一樣，在海和西濱快速道路間的交會，有隱隱約約的唯一隆起，讓人感覺是海洋地殼沒入陸地地殼後，陸地地殼翹起在邊界的位置。如果以此作為判斷，那村子全部都位在海洋地殼的範圍般。沿途的草叢是溼地植物，不像是牛吃的高大牧草。那些植物的根應該更粗也更有支撐力，為了能過濾海水中的鹽分，那些根比陸地植物的根還更簇生為泥土下的森林般，全都一樣的強韌，卻更加顯得粗壯樣。到處是倒塌的電線桿，和淹一半在水裡的電線杆與路燈。柏油路加高在溼地間，兩旁新蓋的透天厝也加高了一層樓的高度。那裡的溼地很平緩，沒有風吹來沙子堆積的沙丘，海的力量明顯比其他自然與人為的影響力還要更大，變得很細碎的老樹根，殘破的固定木架，一些種植過的痕跡，和裝置過藝術品的凹洞，就連鷺鷥也沒見著。

泥土裡都是青苔的綠色，也有生鏽後的棕紅色。

太陽很大，曬得陸地、溼地和海水，都跟他的皮膚一樣黑得晶亮。

他喝了幾口礦泉水，繼續跟著朋友走。遠遠的地方可以看見像廟一般的建物，朋友說是早期的土地公祠。他如果潛下去，走在過去的舊道路上，或許，那海水也剛好就淹在他的鼻子之下，他低頭去看那水下的情景。腳邊仍然是先民的墳墓，早期的田地，還有運送牛隻的港道，港口在海水更深更遠的位置，他走不到那個地方。他就算坐上鐵牛車也不能沿著沙洲潟湖往牛尿港前進。他頂多瞥氣像浮潛一樣，把二十世紀的牛尿港庄繞一圈。也許還可以看見牛停留過的痕跡，運送牛隻的途徑，牛上船的位置看不見了，牛被送上船，往海峽的西方繼續前進。

他走到很靠海的位置，那裡有架高的涼亭，設施跟王功漁港很像。由涼亭望出去的風景，也一樣是汪洋大海，風颳得人只能躲在亭子內，卻再也不是港口，無法供漁船臨時停泊避風或避難。

船一定會擱淺。被遺忘的電線纏繞，被放棄的管線通路阻撓，被沉落的家具劃破船身，被浮游的生物用品打壞馬達，被來不及拯救的回憶刺穿船的腔體，那某某家的照片，那某某宮的護身符，那某某人的證件都卡在船的瓣膜上，直讓船無法呼吸，心跳就快要停止。他以為自己是一艘被成龍溼地撕裂的船，也跟著舊村落下陷，慢慢被水淹沒，他在墜落，斷成好多碎片，卡在往昔的土角厝、紅磚路和北港溪支流的水道，逐漸傾頹起。

他離家去了幾個海邊村落，他在那些地方住了幾天。那些地方都像是海面平靜無波的時候，沒有船，沒有風，彷彿什麼都沒有，把海面上下的世界給完全隔開，而在那海面下，也許黑潮正在狂奔，海洋裡的營養鹽正在改變海洋下的生態，那裡還有個人造的平行世界，那裡的屋子或許永遠都不會風化，不會傾倒。珊瑚礁也許有機會，能固定那些土地公廟、墓碑、房子和車子。水管不再需要引水，牆壁上的開關也不再需要依靠屋外的電線，井裡不再枯竭，房子裡的魚游來游去，不缺房客維護起居家安全。

他離開溼地後，一切又一如往常，他也曾想起，坐在更小的機動筏子，繞行狹窄的養殖場海域般，水車就像是浪花，打得砰砰啪啪響。然後他眨眨眼睛，大魚還在他兄弟上班的陸地，那陸地就是他的大魚。他還在船上，看著是魚的自己，還是他兄弟。

人總是一個念頭，就改變了自己。

萊爾森回到荷蘭之後，又返回東印度公司，以艦隊司令的身分，原比船長要來得更具有某種光榮性般。他決定作一件很光榮的事，有人告訴他，大員是個良港，絕對有助於他攻打葡萄牙的亞洲據點。萊爾森輕敵了澳門，他吃了敗仗，只好轉攻澎湖。他一邊貿易一邊進攻，在船長和艦隊司令的身分中轉換。有人肯定告訴他，大員會是最好的據點。

萊爾森對福爾摩沙完全不瞭解，他只知道大員似乎沒有可以停泊的港口。就算後來通往福爾摩沙的船，有來自洛杉磯，有溫哥華，有釜山，有香港，有全世界各主要國際港口、國際商業港口、軍港、工業用港和漁港通往福爾摩沙的主要國際港口，基隆港、臺中港、高雄港和花蓮港，以及輔助港：臺北港、蘇澳港和安平港。安平港就是大員，萊爾森錯過了，他決定在澎湖築城。萊爾森侵略了澎湖，中國要萊爾森離開，轉往淡水貿易，那裡是高屏溪的地域，住滿傳說中未開化的福爾摩沙人，荷蘭人根本不想接近。

無數次從澎湖到中國沿海開戰，萊爾森沒有占到任何便宜，卻因此認識了商人李旦，李旦建議萊爾森取大員港，李旦說服萊爾森，大員港比雞籠港和淡水港（高屏溪港口）要更加適合貿易，只因為大員港的福爾摩沙人比雞籠港和淡水港（高屏溪港口）的福爾摩沙人較易溝通。

萊爾森建造的荷蘭城堡比日本人建造的低矮，對澎湖的海戰，使萊爾森命人毀掉第一代的安平古堡馳猿援澎湖，最終戰事不利，萊爾森請辭。宋克繼任，建造了具有防禦工事的熱蘭遮城，宋克最後卻命喪大員水道。繼任的德・韋特忙於在海上對付一官（鄭芝龍），納茨從日本馳援大員，卻被控逼迫新港社婦女與之成婚。

蒲特曼斯接替了納茨，在那個幕府將軍也想控制大員的時代，臺灣海峽一片混亂，海盜和各國艦隊打仗，福爾摩沙人有的依附日本幕府，有的則獨立護衛家園。蒲特曼斯決定攻下麻豆社，那時的荷蘭軍隊征伐了小琉球，留下烏鬼洞的傳說，還把小琉球上的婦女運往早已降服的新港社。南方大致抵定，北方則需要出擊，越過魍港水道，進入雲林溪流，虎尾溪的密林裡，曾經存在法波蘭族。荷蘭想拿下法波蘭族的華武壟社，荷蘭軍隊要麻豆社孤立無援。蒲特曼斯征服了西拉雅全境，象徵戰事結束的新港會議，要各社從此臣服。

繼任的范・代・勃爾格，遺體就埋在熱蘭遮城下，隨之到來的長官特羅德尼斯也跟范・代・勃爾格一樣，並無助於東印度公司貿易發展。拉・麥爾二度管理福爾摩沙時，拆毀了雞籠堡，在產硫磺的淡水，修築紅毛城。卡隆，促進福爾摩沙的農業，該時期的稻米、甘蔗和其他作物收成都有顯著成長。歐沃特瓦特執政時期，福爾摩沙的富庶吸引大量中國難民湧入，那是場黃金和胡椒的交易，中國來的黃金和荷蘭提供的胡椒，在福爾摩沙交換。費爾勃格接替歐沃特瓦特後，發生了郭懷一事件，中國難民、福爾摩沙人、海盜和日本幕府糾纏在福爾摩沙。西撒爾任福爾摩沙長官時，福爾摩沙發生大規模的蝗害，對東印度公司的收入有極大影響，又因修築普羅民遮城，被認為專斷橫行。

東印度公司最後一任福爾摩沙長官揆一，死守大員九個月，最終只等來巴達維亞出發又因颱風折返的同胞出賣，據說《被遺誤的臺灣》是揆一匿名所著，在即將失去的大員土地上，全都佈滿鬼魂，就連運河的水都變成火焰。

揆一為自己辯駁，福爾摩沙是他的美夢，也是他的惡夢。

他數著二十一世紀的福爾摩沙共有第一類漁港九處和第二類漁港兩百一十五處。據他所知，他的家鄉就四處充斥著港口。有記載過的港口：井水港、鹹水港、太媽港、鐵線橋港、濫頭港、龜仔港、茅港尾港、麻豆港、埤頭港、貓求港、旗竿港、佳里興港、大線頭港、倒豐港（倒風港）、竹橋港、威裏港、紅蝦港、宅仔港、二重港、北崑身港、南崑身港、北門嶼港、青崑身港、馬沙溝港、槺榔林港、頭港仔、灰窯港、井仔腳港、歐汪港、卓加港、番仔港、蕭壠港、含西港、西港仔港、中港、東港仔、新港、蚵殼港、郭賽港（國聖港）、菅寮港、直加弄港、目加溜灣港（灣港）、堤塘港、新港、洋仔港、下寮港、媽祖宮港、大橋港、小橋港、柴頭港、大井港、五條港、瀨口港、喜樹仔港、二鯤身港、新打港、鹿耳門港、大員港、四草港、北線尾港、隙仔港和加老灣港。

民間流傳的港口則有，蕭壠港、舊營港、八老爺港、溫厝廍港、後壁港、鵝肚港、菜園港、頭重橋港、二重橋港、北勢港、牛踏港、下隙仔港、七合成港、加輦邦港、太子宅港、後班宅港、新宅仔港、竹仔港、柳仔港、牛尿港（小港）、大港、柑港、烏蜜桃港、木柵港、石橋港、五間厝港和營樹腳港。

港口就是村莊般，在那裡工作的人，一天又能得到多少錢維生。

二十世紀初期，碼頭工人的每日工資是三十錢，每日支出是二十六錢，中上階級人家看一次電影娛樂則要花十錢以上。

在舊日的港口邊，他能捕到幾條魚，又能掙幾個錢。

他在船上發呆的時候，覺得這世界只有太陽，並沒有影子。他的影子在那條大魚身上，就在他兄弟工作的陸地上。那裡曾經佈滿港道和港口，他幾乎都可以在溪流裡捕魚，在草叢中追梅花鹿，在山林打獵野豬，對著飛過高山的飛鳥讚嘆，也對飛躍海洋的海鳥感到驚奇。如果他是航海時代的福爾摩沙人，倘若他是石器時代的福爾摩沙人，他如今只是待在一艘小筏子裡的幽魂，想像福爾摩沙的過去、現在和未來，又會是什麼模樣。

第三部

陸地彷彿是一尾魚看著我，而我在船上。這是一艘沒有任何東西可以與魚分享的船，當然也沒有任何工具可以用來宰殺那尾魚，幾乎沒有辦法好使那尾魚成為我的午餐，陸地僅僅是我的午餐……。

肉身

佛家說無常，指的不會是只有一個自己。上一秒鐘的個體和下一秒鐘早已分道揚鑣，因為一個念頭，人總是在選擇中，岔出無數的自己，有些活在過去，有些留在現在，有些會等在未來。

老家是很安靜的小鎮，夜間十點過後的天空總有星子閃耀如路燈顯現出大街小巷一條條道路縱橫在天空，數量比附近巷弄的路燈總數還多，彷彿夜空裡真有另一座熱鬧的城市低頭，在看我那時身處的地方。我則在意著二〇〇八年冬天的某一日凌晨，霧氣像是城牆般封鎖住整座小鎮，彷彿循著那根本不通的大排水溝，還能夠回到以前有船行駛的港口邊。無論是否能夠到達，說到底那盡處就是一片什麼都沒有的海。

是那樣的海水，其實規律得比陸地更加真實，有硬度，能感受到紮實的原貌。

我一直看著那時的霧。

從小就愛揹著相機四處亂逛，但那一夜，確切應該說是某日天還未亮的早晨，離日出還有兩個小時多，我手中並沒有相機，於是就只能專注那片霧在眼前出現。我坐在車子裡緩緩進入那霧，身旁是一層一層的霧像浪花在重疊。我不知不覺下車，在老家巷子口的媽祖廟前。就在宮燈黃光下，瞅著發呆彷彿媽祖廟前還是河港般的景象。心裡頭一直掛念那畫面。也許更是因為沒有帶相機的那天，矗立媽祖廟片刻後不久，轉身我回到老家所要做的事情，竟是不捨無奈面對生命的離去。

那時，腦海中浮現過許多遺憾。沒有錄音過親人所說的那些故事。其實只要是聲音，本身那就已經是個故事。

我反覆推敲記憶中那位親人的影像，以及親人所發出的聲音：說話的音調、走路的聲響，以及手無意間去扶過家具的些許噪音。彷彿親人還在屋內，藉由那些相似的聲音，重複走過甬道的身影，矗立在相同的地方，和習慣坐的位置，那些大致相同又細緻相異的資訊，讓我重塑出我的四伯父。以什麼樣的姿勢拿取客廳靠窗桌子上的成藥。那張桌子早就消失，讓門板能直接靠向牆壁。他從他房間顫抖走出來，手裡拎著零錢，說是要去買藥給我吃。我那時候已經長大，我搖頭請他不要出門。他還是重複說著：「要吃藥才會好。」我早已脫離三天一大病的童年，他還記著怕我養不大。我和父母離開故鄉的時候，他總說要存錢，搬去跟我家一起住。他在福爾摩沙的南部被急救過許多次，我從福爾摩沙的中部回到南部醫院時，好幾次都把眼鏡哭得起霧。

福爾摩沙的中部在我的記憶中，還是一片淺海，我必須要下潛，才能知道那地區的樣貌。他卻早就已經游遍整個中部，他告訴我，他的好朋友離開某某大公司的紙廠，去到國外任職的故事。他記憶中，小紙廠的經理後來去到那間大公司名下的紙廠。他說自己當兵的時候，都是從中部坐船出去。他不能陪他最好的朋友玩飛車特技，因為他早就因為車禍，傷成一個殘障人士。他最好的朋友開著吉普車在颱風天參與救援的時候，不幸被溪水沖走。他最好朋友的好朋友，後來成為演員，也在他朋友過世後沒幾年，離開這個世界。他經常問我說：他的朋友是否還活著？他常說，他有一天還想再去中部，看看那些紙廠的老朋友。

他早就無法自己獨立搭車，他連走出家門，也顯得吃力。他最後都在醫院睡睡醒醒，有時候想起在金門遇到砲戰，旁邊的人瞬間消失。他偶爾會哭，然後他會渾身發抖，他會喃喃說起很久以前的事情。我多半都不清楚，只能看他又哭又笑，然後輕聲對他說：以後再一起去看看。

從來只有我下潛，一路從中部的淺海，游回南方的草原，後來南方土地陷落，豐厚的沉積層澈底改變南部的面貌。

我又夢回到那日凌晨三點多，佇立夜霧籠罩中的媽祖廟前。時間是某年的新年第一夜，我睡不著，試著打開一次又一次的大門……所看見的是那夜色清朗，不再是霧鎖小鎮的冬天。那年的春天很快降臨，一整個春節假期，我守候在家門騎樓旁一夜又一夜，終究等不回那年那夜大霧的夢景。

農村、河港和海岸……我覺得有人在呼喚我，我持續往海的深處下潛，我彷彿又看見我最想念的老家景象，仍在海底的某處被固定，我一直朝那個空間游了過去。

我眨眨眼後，自己驀然就化身為鯨魚。我依然在福爾摩沙的某處辛勤工作，用龐大的身軀，難以駕馭的雙鰭。所有人都盯著我看，彷彿知道我是一尾不知為何化身的鯨魚。但那些人卻不慌不忙，就只是看著我，有人走到我身邊給我加油打氣，有人只是對著我搖搖頭後又嘆氣。

我覺得那場景好像是我的小時候，究竟是三個孩子在吃飯，還是四個孩子，有沒有我也坐在我大姑姑家的廚房飯桌，幾個孩子在那等吃飯。我總是一直吃，吃到所有人都離開飯桌，我仍繼續拿板凳墊高在添飯，我還吃著原本是要留到晚餐的魚，咀嚼著可以吃上好幾天的滷肉，夾著我最愛吃的高麗菜，直到我姑姑拿起藤條追打起其中一個孩子，那孩子總是把飯倒在冰箱的腳下，還用腳把飯菜踢得更深。

另外一個孩子就那麼直看著在飯桌上的我，還是我自己在廚房的某個角落，望向那個還在飯桌上的孩子。我有時候覺得是自己把飯菜丟進冰箱下，是那個看著我的孩子把飯菜倒掉的……總覺得是我或其他孩子唆使那個被打的孩子，那被打的孩子或許真的倒掉了飯菜，或許只是因為倔強而擔罪。

我看到那些人看我的模樣，都像是當年我看著某個孩子的目光。我是在飯桌旁，在遠處，只是聽某人提起，所以就去看去假想那個被打的孩子。我詫異著，那些人真的看見我是一隻擱淺的鯨魚嗎？還是聽我自己說起。我是一隻在福爾摩沙某島的鯨魚，很難挪動自己龐大身軀去繞過那些逐漸淤積而成的沙洲，還慢慢聯繫起我曾經待過的公司和我的老家，以及我就讀過的學校，跟我後來居住的城市。

我自己或許不是鯨魚，其他所有人才是鯨魚，優游在空氣都彷彿是海水的地域，沙洲在海面下，珊瑚礁岩也在海底，公司、家和城市都是小島，那些鯨魚游過去，噴氣，然後回返。我是如今的我，還是過去的鯨魚？我站在北門遊客中心，看著一隻抹香鯨的骨骼，心裡想的是，那隻鯨魚為什麼會到北門。

有一群人曾經從佳里慢慢移動到北門。那群人戰敗，或者戰勝，沒輸沒贏的逃跑，彷彿剛從特洛伊的戰場上逃開。那些外來人試探了多少年，一次又一次的衝突，終於引發了大規模的戰爭。那群原本住在佳里的人，那個地方原本叫做蕭壠社，後來明鄭時期的天興縣縣治就在那裡，在那之前，海潮能夠到達佳里興港，水道繼續分流，終至佳里興港道成為封閉水路，最後消失在寺廟附近。從外來人所說的黑森林逃開，黑森林成了佳里興港道的引路者，外來人很容易就找到蕭壠社，那些淺色毛髮的人原本只是問路，幾年後他們建城堡在大員，開始對那些環繞大員的島嶼般地域，感到有些不滿，那些聚落有各自的港道和港口，被高大溼地樹木遮蔽後，都成為一座又一座隱密，透著古老，也象徵未開化般，同時還興盛著奇異的妖魔鬼怪故事與法術，就如那些淺色毛髮人的祖先所遇過的中古世紀，有飛龍和魔法在城堡外飄來盪去，那些城堡裡的人以為自己是屠龍勇士，開著竹筏載著軍隊就往森林裡去。

那森林盡處的高山叢林裡，據說有如白雪公主故事中，採金礦的小矮人。白雪公主的故事源於義大利，那森林的南方也跟白雪公主的王國一樣，到處是石灰岩地形。那些屠龍者，一路膽戰心驚還聽說過，猶如上古世紀的傳說故事，那些森林裡的島民都還在畏懼盤古開天後的大水，對引起大水的全球大地震印象卻早已薄弱。那些屠龍者因此得知，那些島民在那些黑森林中，最畏懼的就是大水，是眼前水路裡氾濫而出的大水，宛如諾亞方舟的故事重演。那些島民只能再度駕船遠離家鄉，到暫時平靜的地方去。

黑森林裡危機四伏，但那些淺色毛髮的人從西元前就在閱讀航海手冊，他們能迅速透過知識的傳遞，以閱讀和傾聽去理解那些文字的真義。如阿尼翁《圖解航海手冊》描述古希臘的航海路線：「從（西岸）卡拉繆姆到『老女人的膝蓋』有八英里。」那些淺色毛髮的人一一為不熟悉的港口取了些綽號，好讓人一眼就能看見那海域的特徵，是岩石，是樹，是風讓人走上之前已經被描述過的港口，他們絕對不會找錯路。那些遠方有著大片竹林的濃密森林區域，是他們口中的哈赫拿爾森林（如今的臺南市文化中心附近週遭範圍）。哈赫拿爾森林的附近，有一座巨大美麗的湖泊，那湖泊叫做夢湖（現今的巴克禮紀念公園）。

那些淺色毛髮人要去的地方叫做北頭洋，那裡也有一座茂密的黑森林，蕭壠社人就躲在黑森林的後邊，蕭壠社人還說北頭洋的飛沙崙是巫女的法術。那些淺色毛髮人已經決定屠龍，他們不再畏懼一座座黑森林後的故事。巫女是否能如同傳說，再度保護蕭壠社人。淺色毛髮人進攻，那些蕭壠社人在叢林中跟槍火苦戰。他們是否從那時起，開始遷徙？或者早在屠龍者入侵之前，他們順著水路，早就緩緩遷徙他方。

槍和刀像是特洛伊的木馬，悄悄流入那些黑森林的背後，當梅花鹿的鳴叫聲越來越少，打不完的特洛伊戰爭，會再度點燃。而那些早一步離開戰場的蕭壠社人，宛如返航的奧德賽史詩。他們聽說過的那些小島，後來都會變成他們不熟悉的模樣。灰窯港不再是海上的小嶼，灰窯港消失了，原本的礁嶼已成為陸地。史椰甲社後來有更多人移入，北門發生牧童與王爺們的衝突，觀音佛祖調解。那些從蕭壠城離開的人彷彿還在獨木舟上，沿著水路，繞行不斷改變的沙洲和地貌，尚未靠岸任何一個區域。彷彿他們眼前那些陸地都是繩子綁在一起的獨木舟，時間還在很久以前。南島語族的祖先們就是利用那些合體為巨大獨木舟的船隻，跟著白日太陽的位置變化，隨著黑夜北落師門的指引，落腳在福爾摩沙，或是從福爾摩沙離去。

真正的飛龍躲在麻豆港，沿著麻豆溪的港道，就能到達麻豆。mata關聯著太平洋範圍內所指的眼睛發音，那裡是靈魂的所在。麻豆是倒風內海的眼睛。麻豆社人跟另外三種四大社人不同，麻豆土酋塔卡朗嚴格管理著自己的土地和子民，塔卡朗不允許擅自妄為之人，塔卡朗有絕對的權威性。有人跟屠龍者說，塔卡朗總有一天會攻擊城堡。所以屠龍者耗費許多時間，先一一翦除任何可以幫助塔卡朗的部落，塔卡朗並未救援那些部落，塔卡朗的部落也在某日被擊垮。麻豆社人因此開始遷徙，往官田、鹽水和新營移動。或者，一開始包含下營，倒風內海的港口早就在麻豆社的管控下，那些屠龍者只把目標放在塔卡朗身上，等麻豆社人歸附之後，象徵各部落與屠龍者和平貿易的新港會議，隨之誕生。

除了麻豆以外的麻豆社人在荷蘭文獻上，彷彿都繼承了塔卡朗的個性，那些聚落似乎都置身事外了。只有一些傳言指出當時的倒風內海人都在生病，那似乎是一種瘟疫，讓屠龍者遠離魍港的原因。有人說魍港就是倒風內海潟湖區，有人說魍港是北港，橫跨雲林到嘉義的範圍。

無論魍港是北港還是倒風內海，都讓屠龍者感到可怕。新港會議結束後，尪姨們也被迫離開大員境內，屠龍者認為高山住著真正的龍，他們便把巫女獻給了龍。其實那些巫女般的尪姨早就生病了，因為外來的病毒入侵了毫無抗體的巫女肉身，肉身在敗壞，連神靈都無法降臨，那些尪姨在諸羅山上的日子，猶如是在等待肉身的消失。根據語言的研究，福爾摩沙南部，是南島語族最早上岸的地點。由南往北分化出去的南島語族，像是海洋人種在冰河時期後的歸來。那些尪姨的遭遇，或許不是第一次，也許曾在很久以前，也有別的屠龍者放逐了巫女，那些巫女後來，在南島語族匯聚之地福爾摩沙中部山林裡，成為番婆鬼，又叫做煞魔仔（有人說是散毛番的諧音），煞魔仔就是一種魔神仔，是失去人性的巫婆在半夜插芭蕉葉飛在天空中，換貓的眼睛，吃小孩的心臟。屠龍者總是說番會吃人。航海時代的世紀大騙子之一，撒瑪納扎假裝自己是福爾摩沙人，他對歐洲人說：福爾摩沙人會燃燒九歲以下男童的心臟……他們將血液盛在銅器……把肉切成塊狀。

福爾摩沙人會製作石器、鐵器和金器，福爾摩沙不產銅，並沒有青銅器時代。福爾摩沙仍操縱著上古的魔法，等到大軍湧進，那些會魔法的人開始逃竄。宛如凱爾特人的故事，他們沿著太陽的路徑逃竄在歐洲各地，只留下無數的橋樑和丘堡成為古地名，凱爾特人還搭船渡海去了英國，或許還到其他地方躲避。福爾摩沙南部各村各鄉，曾經都是小島小嶼，海岬般的沙洲孤懸在海面上。失去祭祀信仰象徵的尪姨，四大社在海的世界，只能從一個小島逃到另一個小島，直到那些海把陸地還給福爾摩沙。那些曾經被海逼到山林躲藏的魔神仔，彷彿是壞的「海伯」。不知道什麼原因，尪姨般的巫也成了番婆鬼。魔神仔彷彿是海留在陸地的夢魘，又像是陸地沉沒海之後的冤魂不散。

福爾摩沙的南部，那些是河流經過的陸地，是黑森林密佈的地區，是小島叢立，是滿佈港口的地域，那些人沒想過去建造像是古代世界七大遺跡那樣的神塑像，最原始的神似乎離福爾摩沙人的世界很遠。他們的神是祖先，是家人，是親友，是守護田園的家神，海的意象最終被水取代，他們都還住在穩定不改道的小溪流旁，在廢棄河道和封閉水域間，捕梅花鹿，種芋頭，採檳榔和花，跳舞在重要的祭典。

我感到什麼都在流失，就連菜市場賣衣服的老奶奶在跟我親切噓寒問暖後，轉眼就沒有了那個攤位，那老奶奶站立過的地方，從來只有一個中年婦女在賣童裝。我感到很詫異，又彷彿習以為常，在我老家的市場裡，許多攤位來來去去，明明好像一直都在那裡，轉眼又出現新的攤位。我像是一隻鯨魚游了進去，那些人好似看著我這隻鯨魚在游，又好似他們自己才是鯨魚。我總是盯著他們路過的眼神，試圖想要知道他們是怎麼敘述我自己抑或是他們自己的。我看著，他們也看著，卻全都像是根本沒看到任何人的模樣，抑或是都在揣測別人看自己的想法。那目光都似海面上的波光，一道又一道出現，搖曳，然後消失般竄入另一層海水，被封閉在各自的青銅色水層間，彷彿是福爾摩沙眾多河流邊的景象，那一層砂土又一層文化物堆疊，最終成為我的家，成就我那樣一個人。

面對自己出生的地方，都仿若還在夢境中，將所見鑄成自己的形體，把所聞編織成自己的思緒和心，挑一艘船擺渡在生與死的交界，再現那些輪迴的過往記憶，踏上重生也同時逐漸老去的陸地。

那時候，歐洲像是一座又一座被海水隔開的島嶼，無論是古大西洋還是新大西洋，都像是母親一次又一次孕育著歐洲。

那時候，冰河曾經來襲，海水上升後又退去。福爾摩沙最後變成一隻鯨魚的模樣，後來的福爾摩沙人稱之為海翁。西拉雅語則類似拉丁文「山」那樣的辭彙，西拉雅語的「山」卻類似希臘文中的「鯨魚」。究竟是鯨魚，還是山？是一座島，還是一群人的故事。

佛家說無常，指的是變動。無論是看的見和看不見的一花一草一沙，都可能去形塑另一個自己，也同時構成另一個世界，肉身因而不滅。

腔

我第一次聽到磨牙聲，來自我的母親。睡在她那瘦小卻如架滿鋼樑鐵皮般堅強的身軀旁邊，我顯得龐大軟爛像是一隻腐敗的大魚。我的母親是水手，她把我從上一輩子的海洋中釣起，我於是來到這個輩子。住進一個老舊的鄉鎮，又遷入另一個老舊一樣靠水邊的鄉鎮，很久以後才發現所有古老聚落都在小溪小河旁，那裡通常會種植一棵榕樹跟港口的發展歷史有相當大的關聯，然後會有市場沿著老街，慢慢由碼頭、津渡和港口爬升到較高的位置，市場的盡頭大概都是媽祖廟，媽祖廟的大門永遠面對港口的方向。

大條馬路出現後，接著製冰廠出現，高速公路也跟著出現，然後是水產行，依然在那些老舊聚落的附近，彷彿那裡真的還有經濟價值漁獲可以捕撈。工業把陸地上和海洋裡的一切，彷彿都帶向一致的發展方向，直到那源於海洋和陸地原本的分歧點，再度像是變異數，所有的計算和程式最終都往彼此背道的方向前進。彷彿海洋地殼永遠沉沒去撐起大陸地殼，大陸地殼則始終如船漂泊在海洋地殼之上，被動卻似主動般尋找，真正能靠岸的地點。

陸地以上的世界，曾經靜止在平面，以行走和航海的方式，在點線面的世界游來游去。海裡的世界相對複雜，在一道道海流間的空間都是不同次元般的生物，依照生存所需，變成能夠承受各自壓力，宛如外星世界的生物。

那些外星生物，在不同的海水溫度層，各自演化成自己宇宙內的模樣，彼此遵循著自己行星的路線，不會撞擊，不會逃脫，那海水的引力似乎是宇宙間撐起各種次元最強的絲線，如蜘蛛的網，像蜜蜂的巢。海水在海洋底下撐起無數的時空，養育各時空裡的生物，從來不止魚和蝦，還有更多的微生物、細菌和更原始的東西。他們就在那水管般的水道海流中，持續著他們原本的命運，過起他們因應環境而本就存在的那些生活，在水泡如行星、彗星和隕石的世界，去繞行來自海洋地殼般恆星的力量。如果海洋真是某種面向的宇宙，宇宙中的星系星團就在海水裡，也在海底火山口的世界，更在珊瑚礁繁榮興盛的地域。

海在某種程度上，的確成為了外星球，或是另一個宇宙。需要裝備才能靠近，要懂得某些技術才能潛入，沒事根本不需要去接近，彷彿海是地球上不存在的地方。陸地則多半是複雜著同一個地點的眾多名字，好去闡述那塊陸地，曾經有多少人類居住過。海洋不知道有沒有人類居住？我小時候看過報紙報導深海人魚寶寶的照片，那個寶寶的外皮全覆滿鱗片，在某艘船的水池裡，映出青色鬼氣森森的模樣。那報紙寫著的，的確是人魚寶寶。那麼就不是人類了。儘管那船長宣稱那人魚寶寶說，他們曾經是人類。

人類似乎把跟海洋的聯繫，都化為食物，然後把海洋的技能都澈底分化給某一群人，彷彿把不可能實現的夢想，託付給還想繼續堅持的友人。那麼無法執行那樣夢想的人類，則日復一日繼續漂泊在城市生存，在某間大公司上班，去做某些主流意識下的事情，例如：找份穩定工作，結婚，生孩子，持續主流價值觀下的固定生活，彷彿延續著某種遠古生活。那樣的生活也許有什麼樣的潛藏問題，總有一天還是會跟祖先一樣，往外尋求真正的生存之道。看過那樣的日劇，把對音樂的夢想交託友人，然後就去過能被社會認可的生活，而還堅持夢想的友人努力繼續以微弱的力量，去支撐音樂的理想，最終卻遭遇離去友人的背叛。陸地在人類的美夢中，始終固定不變，但真實的陸地則每一刻都在改變面貌，從來沒有停止過。人類選擇在陸地發展，直到陸地承受不了面臨的資源浩劫，人類又把觸手伸回海洋。在飛機的時代來臨，陸地上的生活才真正有了空間概念，再也不只是點線面的範圍。然而陸地的思維仍然是以一座一座城市架構，海洋的世界卻是一泓又一泓廣大縝密的宇宙星際，持續推進，循環，然後不斷改變在每一層氣溫、鹽分和各種環境因素都截然不同的時空。人類似乎如接觸外星，現在才開始和海洋溝通。

我母親以前不會磨牙。我母親開始磨牙的時候，她的身體並不麼健康。我母親總覺得自己不是年輕時候的自己，卻又像是童年時期的她。我外婆說我母親小時候會磨牙，她那時候常常往醫院報到，看完病的時候，我外婆會給母親買一顆橘子。柑仔（橘子）那種東西曾經很貴，有錢人家後院才會出現柑仔，總引起路過小孩們的覬覦。我母親的幼年記憶始終停留在抱著橘子，坐公車往返醫院和家的印象。她從不記得橘子的氣味，直是望見我舅舅阿姨們那一張張流口水的臉，我母親一緊張，就開始磨牙了。

小時候在海邊跌倒過，海浪把我受傷的腳，一下子洗得發疼，漸漸就麻了。不遠處的衛生所裡有個極為和藹的阿姨，她拿起許多令我害怕的東西，碘酒、優碘、紅藥水還是白藥水等等，她還先用生理食鹽水洗去我滿腳的泥沙，她看起來比我還要緊張，手邊抖，嘴也在抽，含含糊糊說著，就叫我不要害怕。我一反常態，不哭也不鬧，看著那些我往日最畏懼的藥水一一淋上傷口，無論是哪一種液體都比不上海水瞬間的入侵。是無數的氣泡就那麼滾過我的皮膚和傷口，比碎浪還小的泡沫在我的腳上又一次往岸上沖，後來腳麻了好久。傷口也不知道過了多久才好，只記得那腳曾經有過短暫時間，彷彿不是我的那樣。身體部位分化而出的記憶，有一部分停留在海衝上岸的瞬間，有一部分仍持續往前走，有一部分一回神後，才趕緊追上我。

後來的我並沒有追上任何人。我的人生很可能是一艘漁船，是那種近海捕撈作業的小船，很脆弱但堪能使用，幾乎是本能，就能找到溪水流動的方向，多半是舊日的港道，是廢棄的支流，是改道後的封閉水域，我還是能持續在溪水、大排和水溝裡，找尋出航的方向。我母親希望我停下來，離開那些所謂的舊日港道，我還是繼續走，彷彿那是生命的必然。如同我小時候的無數次迷路經驗，從後壁車站醒來，身旁一個熟人都沒有，我不知道自己為什麼躺在那藍色油漆木椅上，不記得是跟誰坐車到後壁車站，五分車就是公車，載運人經過不再被人熟悉的那些地名，八老爺、鐵線橋……三、四歲的我迷路在後壁車站，一個人就那麼走出去，看見車站外都是計程車，那些車子多半是黑色的，椅子上還會鋪上一顆一顆木球串起的坐墊，我走在那些計程車裡穿梭，直到我表姊捉住我的手。我也在鐵線橋迷路過，順著木麻黃在舊日水道邊……我在姑爺和秀才那些低矮的老房子繞來繞去，忘記是誰帶我去玩，不記得自己究竟要去哪裡，最終只記得水道邊的堤防後來都比房子還要高。在一堆木麻黃中，不知道為什麼出現檀木，我記得那棵樹木好像很香，我堂哥在那檀木附近出現，他直叫我回家。

我始終還記得我那些堂哥表姊牽我回家的時候，我回頭，那些窄仄如矮人居住的房屋，都像是一個又一個洞穴，隱藏在那些防風防盜的古老聚落中，只要去挖，就能發現較為近代的青花瓷器、銅錢、瓷碗和木頭粿模，再底下一層有明代的瓷器和房屋的地基，然後是玉鐲、玉器和刀的出現，更下一層要挖得更久，茅草屋的痕跡出現，接著是極為古老的鐵器，在河邊還能發現瑪瑙和史前陶器一起出現，更為底下的石器時代，有交易而來的玄武岩石斧，還有本地的安山岩石斧、硬頁岩石斧、板岩石斧和最軟的砂岩石材。我覺得自己真是一尾大魚，蒼老而腐敗在魚的形體，而魚究竟是什麼變成的？最初的地球只有海洋，那裡面的物質究竟如何決定，我是我，或者我是魚，魚之所以是魚。大湖文化的蘇豆寮和茅港尾又為何出現大湖文化，像大型飯匙的巴圖形石器會是祭祀儀式裡的什麼用具，大湖文化突然就出現，灰黑陶異於紅陶的發展。像是外來者遷入，有學者指出麻豆社似乎異於西拉雅的文化。在美國俄勒岡州有一片玄武熔岩流，記錄下一千六百萬年前地磁翻轉的瞬間。科學家認為地磁翻轉，曾讓各地氣候有劇烈改變。彷彿地殼板塊劇烈飄移般，把北極送入春天，把富庶的地方送進冬天，把海變成高山，把山丘化為平原。曾經有人從北方往南，透過冰河讓海水消失的時機，他們避開寒冷的冬天，只為尋找有食物的草原。那些人不交易橄欖石玄武岩，那些人住的地方靠近海邊，那些人從來不深入，一抬頭就能見的高山。他們在自己的森林裡，在自己的竹林間，逐漸成為他們自己，他們是某個時間點的福爾摩沙人，或許早已離開，似乎隱藏後又留了下來。

我一直不知道自己究竟是什麼，然後我的母親認為她總有一天會失去我。我可能真的是一艘漁船，是一隻大魚，正在尋找過去上岸的港口，我也許已經離開，或許早就不存在。我很可能還在我的前世，然而我今生的母親已經開始磨牙，如地震般石頭滾落的聲響。歐洲傳教士在福爾摩沙記錄過，山林裡的人說，只要地震，一角獸就會出現。早阪犀牛長得就像是獨角獸，數十萬年前遷徙到左鎮。那些人看到的是幻影，是時空錯置，或者可能是真實還留在山林裡的古代動物。土石流的聲響喀喀喀，風吹過窗戶的聲音喀喀喀，有人走過的聲音喀喀喀，溪石滾動著喀喀喀，浪推打岩石的喀喀喀，沙子在沉積的喀喀喀，海崖崩落的喀喀喀。

我母親一邊等待我回返，我母親一邊送走其他的小孩。我母親始終矗立在狹小像是鐵架起來的地方，身上滿是憔悴的咖啡色。太陽曬得她有時黑，有時棕黃又偏紅，她逐漸在乾癟中，遺忘自己曾年輕時的豐腴。而我則仍然是一尾腐敗軟爛的大魚，作著漂泊的夢，也會夢到又回航的時候。

那時宛如在最初上岸的地點，是最終落腳之處，我母親穿著白色滾著黑色的衣裙，在黑夜裡唱著悲傷的歌曲。在那裡，一群母親手拉著手，腳步踏得緩慢，她們圍著火堆喃喃有詞，像是在跟孩子們說關心的悄悄話，輕輕對著年老長輩不堪刺激的耳窩裡敘述著每個家族成員的概況。她們口中吐出的語言都宛若是天語，沒有幾個人能聽懂。她們就那樣繞著圓圈說著唱著，一如平常操持家務般的動作，對著最原始的祖先和神靈，她們在報告，在祈禱，在回憶過去，也期盼未來，她們得在夜祭裡，把感恩的牽曲都唱完。

我母親時常楞楞望著海，也緘默陸地上的轉變。她有時想說什麼，有時緊閉雙唇只能夠揮揮手。她的孩子都離開，她的孩子或許還沒有出現，她的孩子已經遺忘她，她自己又是誰，她什麼時候出現，她為什麼會在她眼前的地域，她打打呵欠，她揉揉惺忪的眼睛，她眨眨眼，她睜開眼直視遠方，她時張時閉，她一直都在唱歌，唱她曾經記得的歌，她遺忘歌詞卻還是會哼的歌。

洋流引領海洋人種到達陸地，福爾摩沙曾經很熱鬧聚集許多人群，在他們喧鬧的背後，那裡早已經住著另一群人，不同的人種，或許曾相似又逐漸相異。他們畏懼，他們彼此嘗試溝通，他們保持距離，他們不知道誰才該離開，他們全都茫然在各自的聚落裡，試著生存還是遠離。他們的語言也在遷徙中分歧。我母親或許是跟著洋流到達福爾摩沙，我母親到達福爾摩沙之後，遇見住在地穴裡的人，那些人是否為海洋人種，那些人並不是海洋人種？我母親一直在海邊和水邊看著那些藏匿在深山洞穴中的人種，直到冰河時期，她又看見有一支仰身直肢葬文化的人出現。他們用的是板岩石斧，他們的世界似乎沒有橄欖石玄武岩石斧。他們養豬，開水井，過著一開始就是務農般的日子。沒有人知道他們從哪裡來，又是為何而來，怎麼會選擇她所存在的地方，又是誰指引了那些人出現。當他們在福爾摩沙死去，活著的人會在亡者頭上壓石頭。宛如日本突然出現又消失的古墳時代，他們是從哪裡出現，生活在叢林，然後又消失。那些古墳文化的人或許離開，也可能繼續存在成為另一種文化的人。如同大湖文化，彷彿還存在，卻又似早已消逝在土地上。

我母親就那麼看著大湖文化以後的蔦松文化，蔦松文化的後代子孫，漸漸走出了神奇的蕭壠城。他們遷往山林，他們邊走邊打聽適合居住的地區，也有人往海邊移動。無論住在哪裡，離開蕭壠城的那群人又複製在蕭壠城裡的生活，也融入原本居民的文化，他們被稱為西拉雅，是四大社的人。後來，又有許多人熙來攘往在那些聚落，他們通稱是漢人，他們說漢文，他們有的說閩南語，有的說客家話，他們說自己的祖先很久以前就住在，我母親居住的地方。

我會說漢文，我會講閩南語，我說的母語有些許南島語族的成分，我母親說的話，則彷彿來自另一個世界。

許多鄉野奇譚中，那裡也像是存在著另一個世界，在原本熟悉的地方。日本兩國橋的花火，也曾經是為了驅除瘟疫。一六六二年小冰期來臨時，荷蘭人上岸，那時鹽水據說就有村落出現。瘟疫的傳說出現在清光緒十一年，西元一八八五年，鹽水淤積，環境衛生欠佳，爆發鼠疫。日本時代介紹臺灣風俗，鹽水的蜂炮行之有年。有傳聞說瘟疫疾病蔓延二十年。每個時代有各自的說法，主要都是說明蜂炮是為了驅逐瘟疫。是文衡聖帝（關聖帝君）指示，以此妙策，對抗疾病。硫磺的確有消毒的作用，一個個鄉鎮因此開始遠離疾病。元宵節是元月十五日，關聖帝君飛昇日是元月十三日，元宵節自古在各民族的慶典上，都是以火祭為慶祝方式。種種的原因，讓鹽水的蜂炮成為如今世界上知名的瘋狂嘉年華會。蜂炮是祝賀，是神明才能吃下和收下的炮。人不是神，不應該出現在神轎前，也不能在炮城之前擋炮，唯一能做的，是鑽過那些放完的炮城，猶若吃下拜完神明的祭品，才是真正的消災解厄儀式。

還有一些世界，是早已被忘記的世界。一六二四年荷蘭東印度公司佔領大員。一六二七年日本人帶領新港社人晉見德川將軍想要制衡荷蘭勢力擴張。一六二九年麻豆社事件致使目加溜灣社被荷蘭主力部隊夷為平地。一六三三年荷蘭東印度公司策劃報復麻豆社行動失敗。一六三五年荷屬巴達維亞城總督遣軍大員吞噬麻豆社。一六三六年新港會議，東印度公司與眾村社達成和平協議。一六五〇年南北大路串聯起福爾摩沙本島。

有一個還存在的世界，一直都在海上。那些也許是最早到達福爾摩沙的生命，牠們是灰鯨，是很古老的生命，早就從西太平洋大部分的海域消失。鯨魚的祖先跟恐龍有許多共同點，牠們的身形龐大，牠們有可怕的利牙，牠們能夠輕而易舉取走獵物的生命。牠們還擅長計畫，牠們曾經群居，牠們在海洋成為沒有任何生物可以比擬的霸主，牠們最終卻還是消失在地球上。最早的型態不過是長腳的大老鼠，也跟偶蹄目科的動物一樣，有著像狼的祖先，是屬於中大型的肉食性哺乳動物，那種動物稱為中爪獸，中爪獸沒有爪，只有蹄。慢慢的，中爪獸有些成為走鯨，會行走的鯨魚，終究放棄在陸地生存的途徑，牠們航向海洋的那刻起，注定了演化為現代鯨魚的命運。龍王鯨身長是大白鯊的四倍曾經縱橫海洋，直到身形瘦小的巨齒鯊，演化成和龍王鯨一樣長的身軀，巨齒鯊殺死了龍王鯨。鯨魚卻還是存在這個世界。在三千萬年前就與巨齒鯊同時代生存的灰鯨，逃過了滅絕的命運，演化成三個族群，活過了大西洋的海域然後消失，依然存在於東太平洋，而西太平洋的灰鯨群行蹤成謎。他們每年來回遷徙一萬六千到兩萬兩千公里的距離，是哺乳類動物每年遷徙最長的行程。

我母親看到的世界，那裡只是河岸，後來出現聚落，然後只有砂土在飛揚，海茄苳消失後，木麻黃出現在風沿著水道颳入的地區。那些地方安靜了幾十年，然後有一天柏油路突然出現，遠遠的地方有一排又一排狹窄的透天厝，那些零散的地原本只能足夠一間房屋使用，或者是一間工廠。那些出現又消失的陽臺被裝上最美的窗戶，那樣的房子下面都有一個車庫，車子得一輛接著一輛從很小的巷道駛出。我母親說，她難以置信，在舊港口附近僅僅幾十年間淤積的土地，能夠容納一棟巨大的建築物，那裡住著上百戶的人家，出入全從古老菜市場旁的便道，那裡連牛車、人力車都很難出入。後來，她還是看見了那些住戶開著大大的車子，又倒又退又前進，一點都不在意窘迫在逼仄巷子裡的模樣，仍日復一日回返地下室的停車場。

我跟我「母親」揮揮手，我「母親」已經記不清她的那些孩子們究竟都過著什麼樣的生活。又有一艘船離開，又有一些孩子到科技園區上班，還有一些孩子仍在工廠，他們有時候會想起「母親」，多半時間只能發呆，或笑或睡，然後吃上自己一直好想吃的美食，然後搭飛機離開，搭飛機回返。

我是我「母親」的孩子，我可能已經被我「母親」產出，我也可能只是我「母親」的夢境，我彷彿是我「母親」其他孩子的縮影，也或許是其他孩子的過去、現在和未來。我最初的記憶，來自於某個背影走過的那條路。沿著每個房間的門和牆，進入有著古老紅磚地板和牆壁是竹片夯土那種土角外牆的通道。是那樣一條本來沒有屋簷，後來有了水泥瓦之類的屋簷，然後土角外牆慢慢也變成了室內牆壁，就是那樣灰灰暗暗的通道，我走著走著，彎彎曲曲便進入了感覺和祖厝沒有黏在一起的增建廚房，然後推開咕咕喀喀那廚房古早蚊仔門（紗門），一腳踩上破碎的室外水泥地板，一步一步。模模糊糊的回憶裡，我總覺得自己最後穿越了水泥步道，推開柴門，往右轉，那是一條鮮少有人走過的小徑，兩旁都有樹，感覺就如步入森林般，我好像聽見水嘩啦啦在不遠處流動，我一踏。像是被什麼一口吞下，那是軟腴肉塊般的土地，那是嘩啦啦口水聲，還有牙齒般的岩石在滾動，喀喀喀的聲音都像是在磨牙。我從來不覺得害怕，直覺那裡是我家鄉的夢境，如果那是道教所說每個生命獨特的元辰宮，那或許就是我的元辰宮，我從未感到恐懼，但那彷彿是鯨魚腔體內的家鄉，是我「母親」的腔體內。

始終哆嗦著，我的「母親」究竟在害怕著什麼。

源於

來自海上的人從她的身邊走開，夜晚都像是清晨，她揉揉無數隻眼睛，和眼睛下那朦朦朧朧的目光，她的手像風，短暫停過那些迷濛的眼前。有些船隻她好幾年才見上一次，有些船隻幾個月見一次，有些船反覆出航回返，在她逐漸睡去的清晨薄霧中，等日光唱搖籃曲。歌詞裡的空氣被陽光照得薄透直往上升，漸漸擦乾從海上回來的人。他們的身上常年的冰冷。在灰黑藍白以外的世界，他們搖晃不確定的步伐踏上彷彿靜止的眼前，綠得發亮的樹葉和紅得像燈泡般的花朵，還有許多五顏六色霓虹燈管開展在路面上，山邊，街道與市場，那些眼睛似張又閉，就如星星慢慢闔上眼的清晨，那些人揉揉自己的眼睛，在乾燥穩固的自家小床上，又作起一個濕漉漉中還拼命被大力搖晃的夢境。

她一如世界上所有港口，照顧自家小孩從水道慢慢往海的方向或坐或爬，或終於能夠站立，起身邁出一步兩步向外，開始奔跑，拉起桅杆，放下風帆，轉開船舵，往動力室加入煤礦。加油排隊的船都在等待，無線電發出頻道轉換時的咕哩咕哩，突然聲音像是衝破所有發訊設備的圍牆，往外刺耳一聲咕而後瞬間噴發，所有聲音逃走之後，衛星定位還在螢幕上閃動。有人看著天空上的星子，有人緊盯近海氣象，有人留心航海上的任何公告，有人在維修器具，有人是船長，船公司那邊派人再度叮嚀，船上所有人都很繁忙，大副試圖掌控一切，卻沒有任何人可以掌握海洋。每個和船有關的人看起來都相當謹慎，輪機長控管油料，有人負責醫藥，全部的人都專心在自己的崗位上，不管那蟹籠是否因為大浪鬆脫即將撞上工作檯邊的人員。在海上沒有任何生命想要生病，包括那些在網子裡的魚、飛上船的海鳥，莫名被捕上船的企鵝，就連探頭探腦的海豚也是。在那大洋中，如果人員受傷生病，要花很久的時間才能到達醫院。出血的時候，都希望和動脈無關。沒有人知道受傷的傷口究竟有多深，所有船員都祈禱那些意外受傷的水手會盡快好轉。多半也都平安無事，或許在船上忙碌的生活，會使人忘卻疼痛。更多原因是，當人類不知道自己的傷勢或病情時，總認為自己沒事。那些鼻樑被捕蟹籠打斷的人都還是一如往常在自己的崗位上，只要他們還能夠呼吸。

她就是那樣送走每個孩子，無論是在漁港還是商港，在鹿特丹、漢堡、馬賽或是曾經的堯港內海，以及如今堯港內海殘餘的高雄境內港口。在港口那些劇情都一樣，順著河流可以把許多貨物送上港口邊的船隻，那些比祖先們的蘆葦船並不來得堅固，也不會比獨木舟顯得安全，更不會比木筏還要容易駕駛。那些玻璃纖維和保麗龍造的小船停滿港口，多半是到附近捕魚的漁船，港口延伸而出的水域，就是那些小船的捕魚範圍，有時候那些船隻會跑得更遠，魚群在哪裡，哪裡就是漁船的去處。

她無能為力任何一件事，守候著港口，她的孩子們就總有一天會回家。那些漁夫會載滿漁獲，後來連一條、兩條魚都是漁獲，那些水手拿出一些雜魚和螃蟹在港口邊煮湯，也會用炭火把魚烤得很香，勞動好幾天的人們在四周仍是搖晃來去的海濤聲中，終於站上彷彿一動也不動的陸地，他們慢慢調整自己仍然搖晃後的暈眩感，緩緩在港邊水泥護欄上，吃一頓沒那麼緊湊的晚餐。

市場的吆喝聲、空籃子在地上拖來拖去和保麗龍窸窣的聲音，還在持續，只是越來越微弱，那些從船上走下來的人，從陸地趕往港口的人，他們用鈴鐺，兩隻手比來比去，手來回不停寫著，然後有些人把魚搬走了，有些人收拾完工具，準備回家。她覺得她那些孩子，依然如同最早出現時那樣，不管是在澳洲，在大西洋，還是在鹽水溪畔的蔦松汛，沿著水道，那些來自海上的人可能從海邊到了陸地的高山，然後又由山林沿著溪水回到海邊。他們或許離開，他們也許有些人留下。究竟有沒有原始來自陸地上的人？鯨魚從海洋到陸地，又回返海洋。美索不達米亞人用瀝青鞏固他們的蘆葦船，好航向更遙遠的地域。澳洲最原始的居民越過太平洋東洋區，在奇異的華萊士線後，發現了澳洲。華萊士線從深海到陸地，用一條隱形線的東邊和西邊澈底分開，讓東南亞和太平洋東洋區分佈兩邊，像是真有城牆擋住了生命的遷徙擴散。

在海上的界線，限制了航運的行駛路線。在船上的界線，來自於每一份工作無法被人取代的沉重。那些船不屬於固定的地方，那些船上的人們則做著固定的工作，十二個小時無止盡在清晨五點到下午五點的繁重勞務裡，跟其他船隻比賽，那是較為優雅的認定。大部分是搶奪與爭鬥，實質上卻還是一種殘酷的競賽，是用生命，然後再也想不出有什麼比這個賭注還要貴重的競賽獎品。海洋裡的漁獲也會為此付出生命，船上的水手和船員們則耗盡了自己的青春和時間，那是種以生命歷程的押注。船長和大副也把個人榮譽、公司生存和所有船員背後的家庭都一起扛上，有時候也一併下注在，連他們自己也沒有把握的漁場。

那樣的漁場再也不是單純生產著鮪魚、魷魚和秋刀魚的地域，漁場是大型的罐頭和冷凍加工廠，漁場是海上最龐大卻也最隱形的工廠，漁場有時候等於國家，漁場對那些船員們仍舊是冰冷的氣溫，凍得全身都反應遲鈍的環境，海水很鹹很苦也很臭，海鳥和企鵝們經常都吵得不可開交。船員們依然得打起精神工作，在厚重外套和雨鞋下，擔憂著結冰的船隻，害怕海面下的暗礁，思慮漁船上的貯藏設備，操心漁籠、漁網和釣線的正常運作，算準能加油和維修的地域，焦急遇見暴風雨攪局，讓白天像夜晚，夜晚不過是地獄的再現。在那樣的環境中，船員們還是要盡忠職守分類那些捕撈的漁獲，整理乾淨工作動線，期待下一次收線的時間點。跟著衛星定位漁獲的所在，也不能完全掌握魚群的行蹤。有時候就算找到浮游生物也找不到魚群，緊靠著陸地行駛，只會讓船陷入危險。船長心急在海上尋覓生計，沒有人能夠閒得下來，那些來自四面八方的船員們，都有共同的理由，他們只想讓船滿載而歸，那艘船就象徵著他們自己的收入，水手們各自作著豐收的夢。

從來無法停止船的漂泊，像跟著海水浮游生物移動的魚群般，始終處在追擊的狀態。如果停下來，或許魚群也會跟著船靜止在海中的某處平靜，那裡像是草原，是大海森林外的聯外道路旁，一群魚和一艘船就像是一群動物和一群人，人其實也是動物，所有生命如同一個暫時的家族都平靜坐在那樣的地域，彼此依偎可以信任，就那麼休兵停戰歇息在暫時和平的區域。等到戰爭來臨，或許是另一艘漁船的接近，魚群逃走只留下原本那艘船孤寂的模樣，宛如是童年玩捉迷藏的遊戲中，那個當鬼的人永遠感到恐懼、無助和絕望，因此一定要找回那些一哄而散的同伴。然而在捉迷藏的遊戲裡，鬼不是其他躲藏者的同伴。

船上規律的生活彷彿失去了年月日的記號，每日的時間把每一個人安放在自己該存在的工作崗位後，直到休息的時刻到來。福爾摩沙的船總在海上過年，其他島嶼的船也在海上過聖誕節，大部分的人都知道自己老了，日子過去了，可是他們只能在乎鮪魚是否還在眼前的水域，魷魚會不會出現。他們在船上的胃口通常不好，他們必須隨時注意漁獲，他們不想錯過捕魚的機會，每一次出航，就算是附近的海域，也會浪費好幾百萬元。

船隻禁不起漫長的等待，油錢、漁業合作的期限、勞工工資、捕魚權的租金和各式各樣的支出，都在燃燒船長的理智，他們不知道下一次是否能順利捕魚。多半是茫然，儘管希望自己捕少少的漁獲，就能賣出更高的價錢……一切按照規定，也讓每個船員有合理的工時，多半還是拼命一搏，在危險的海域中奮戰，在只能等待的時候，思索天氣，預估回航時間，注意無線電，看著衛星定位……風浪和風險都彷彿是每艘船習以為常的高山峻嶺，他們已經走了幾千百遍，他們睜開眼睛就在船上盪，他們作夢的時候，船還是在猛烈搖晃，無一處平原，大部分是砂岩般的丘陵，因此脆弱必須要謹慎小心，一不注意就會崩塌滑落。

船員們還是日復一日，開啟誘魚燈，清理透明的魷魚，等待換班時間，算著這是海頭、海中還是海尾，海面上頓時像是市場，聚集起許多海中哺乳動物，牠們在叫也在笑，在期待也在等著互助。海上的鳥類叫聲如同鴨子，牠們都很聒噪，彷彿是在喊價卻不付錢，拎著魚就跑。

船返航的那天，對於漁船還是貨輪上的那些工作人員來說，彷彿又經歷了一次人生。他們在陸地上才能睡覺，有時候也睡得不好。在船上幾乎都是壓力導致的失眠，非生即死的賭注般，迫使他們只能睜眼緊盯。他們活了，然後又像是死去般，想要再次重生，而拼命回到漁場，等待的依然是輪迴不斷的日子，他們彷彿還在夢境，在一艘船上，從來沒有靠岸。

在某些南島語族的世界觀中，死人歸去的海洋，其實是地獄。那樣的南島語族喜歡高山，陸地是他們好不容易掙來的賭注，是天堂也代表著美夢，是神的賜予也是活著的象徵。海對那些人而言，是惡夢是可怕的前生，是尚未轉世的漂泊。然而，當陸地不再能支應陸地上人群的美夢，有人笑笑對同伴們說：人生不過就是一場夢。

那樣的南島語族又被逼回到海洋的懷抱，彷彿從未脫離海洋，他們也是海洋人種？沒有人能夠回答這個問題，除非找到完整的演化化石證據。人類究竟是如何出現在地球上的，一個偶然，一個選擇變異，就能夠讓人類成為人類，還具有許多不同特徵，終至海洋人種和陸地人種的分道揚鑣？匈奴出現，然後消失在這個世界上。黃帝時代以前的南方，是個富庶美麗擁有眾多民族的區域。凱爾特人究竟是一支多麼神祕的民族，然而在他們到達歐洲之前，他們住下的地方，早就有其他人居住。約西元前三百二十五年，希臘探險家坐上船，想繞大西洋一圈。

許多島嶼重新面對自己所鄰近的海域，那些海彷彿是他們的，又似乎不是他們的。但漁獲是金錢，在貨幣統治的世界，漁獲就是救贖。他們決定回到海中生活。歐洲人曾紀錄過大員的某些西拉雅人，他們不會游泳，但忙完農務的婦女卻能坐著舢舨，去抓螃蟹、蝦子和牡蠣。爪哇東邊的巴里島人，更重新學會祖先的技術，靠著單翼或雙翼獨木舟，便重回海上。

近海的青銅色裡什麼都沒有，除了砂石、沒有生物居住的珊瑚礁和溫度太高的海水。太過於平靜的近海，濁濁的青銅色下，那裡好不容易才有海龜回家，以及有一些很小的魚在游動，岩縫裡的海鰻仍然很愛假裝石頭，閃閃發光而過的鱗片小魚究竟是何名稱。老漁夫口中所說的魚，也不一定是如今常見的那些魚。餐桌上的鱈魚不可能是鱈魚，那些據說是比目魚，鱈魚正在復育中。魴魚變成鯰魚，鯛魚和多利魚名稱變化在菜單上，當大口吃下，無論鬆垮垮還是厚實的海鮮料理，那些逝去的生命，是一群人押上自己的性命，跟大海奪取而來的。

她在港口等著她的孩子回家，她的孩子們儘管疲倦，卻不可能提早返航。那些孩子有的還在異鄉流浪，或者等待贖金。她累了的時候總想唱歌，越唱歌越無法睡去，她始終在等待，如同她那些漂泊的孩子也在船上等待，等的是金錢，有時候更奢求平安，很多時候他們並不知道自己正在等待什麼，他們只能抽菸，他們的菸癮越大，他們越無法睡覺，於是就只能等待，像是在等天亮，又似乎在等黑夜，等一天過去，還是等一年又一年，然後她的孩子回家後，有的選擇永遠離開海洋，有的繼續在海上等待。那些離開的孩子也許去到別的地方討生活，卻還是走在曾經被海淹沒的地區，曾經有過大量貝塚的地帶，行過那些有鯊魚擱淺的溪流沙洲，路過那些海埔新生地，結果還是在等待海的深處，生命基因密碼裡的一種奇怪機制，猶如豹為何出現在喜馬拉雅山上死去。

等是一種感覺，卡在生活型態上，如海與海之間的厭氧地帶，那裡的生物和其他海水層的生物截然不同。那裡很平靜，就像是任何東西都不存在的青銅色，卻是異於其他青銅色的青銅色，偏原本黃銅色調，彷彿那裡真有一個隔離開的空間，在那空間裡所有生物都是各自過著自己獨特的厭氧生活，沒有眼睛沒有鼻卻感受著自己的風景，也成為自己的風景，然後獨自在一片海水層內，想著自己為什麼會存在，接著吞吐彷彿世界就只有厭氧層般的煩惱，繼續慢慢生活在厭氧層內，關上自己與其他海水層的通道，成為一個巨大箱子靜置在海水和海水間，不上也不下地活著。

為什麼要用磺火捕魚？磺火捕魚是很古老的技術，在全世界都消失了磺火捕魚的方法，還有人仍駕駛著小漁船在近海，等待六月到中秋節前夕的期間，以發出砰砰砰聲響的磺火，聚集具有趨光性的青鱗魚。船員則守株待兔以網子撈起青鱗魚，銀色的光和噴火般的船，在什麼都彷彿沒有的海上黑夜，看見漁獲慢慢現身。砰砰砰狩獵後，一小艘一小艘的船隻，安安靜靜出海，又靜靜悄悄回返。她那些小小港口裡的小小村落，曾經也是以最傳統的方式捕魚，有過一座港口叫做含西港，含西港據說產含西魚，沒有人知道含西魚到底意指何種魚類，只知道是魚。那些港口的人都曾經坐著小船，順流而出海，去捕魚和蝦，日子也就那麼過去了。

不需要再去留意軒轅十四是天空哪一顆星，它在獅子座的心臟。那些已經離開漁船的人，他們的孫子會告訴他們，獅子座的人都有王者的自信，獅子座的由來，是一隻被希臘神話故事裡大力士所殺死的獅子。他們不在意軒轅十四是恆星，是掌握帝王命運的北天門星。他們曾經在意的，是航向大海後，回家的方向。

畢宿五是金牛座的主星，是宙斯所變成的公牛，想接近腓尼基公主。

北河三是雙子星兩顆明亮星星的其中之一，故事來自一對兄弟悲傷的命運。

北落師門記載在晉書卷十一天文篇：「北落師門一星，在羽林西南。北者，宿在北方也；落，天之藩落也；師，眾也；師門，猶軍門也。」北落師門的主星是一顆很年輕的恆星，可能正有行星形成，就像太陽系初生的那一刻。

婁宿三是白羊座最亮的星星，宛如在小山丘上放牧的游牧民族，界線著兩極以外的航海位置。

角宿一是室女座最亮星，也是全天第十六顆亮星，是溫度最高的一等星，象徵秋天豐收的麥穗。

心宿二是天蠍座的主星，是一顆紅超巨星，在中國又稱大火，用來確定季節，「七月流火」有天氣將寒之意。

牛郎星又叫做河鼓二，是天鷹座裡的星星，在夏秋夜晚散發銀白色的光。

室宿一是飛馬座第三亮星，正在成為紅巨星，未來會成為跟太陽一樣的白矮星。

古代留下的航海九星知識，仍然能幫助船隻在夜晚航向的判斷。在近海，幾乎每個天然的港口都有一棵巨大的樹木，那些在港口上的樹木其實是最原始的燈塔，順著那大樹，船隻就能找到回返港口的方向，繼續沿著大樹生長的路線，就能找到原始的港道，那些水道會帶領船隻進入內陸，直到船再也無法前進為止。最後，那些外來的小船也跟著進入，載運鹿脯皮角的小船也就那些航了出去，只為交易瑪瑙、瓷器、布和銅。

她不知道自己是如何被找到的，她真有被那些她的孩子們找到過嗎？又一艘船出航，然後又一艘船停駛。她看著自己彷彿從來不過是在跟自己對話，如同那些船上的水手們，數著自己的薪水。那些船長還在計較著漁獲的價錢。船公司想著的是成本和收入比例。貨輪在意的是港口和航線的調配。那些乘著小漁船答答答出去的，答答答回來的時候，只賣掉一個保麗籠盒裡的蝦蛄。許多人在碼頭等船加油，在船上整理工具，在岸上補魚網，在門口挖牡蠣，在門前曬乾不知名的魚類，在廚房醃一罐又一罐的海鮮。往內陸走過那些種滿作物的農田，小孩已不在大排抓魚，水溝裡再也沒有大肚魚，溪邊老是有人釣起肥壯的吳郭魚，更往山上的地方，有人在野溪抓溪蝦生吞治流鼻血，也有人在溪邊等山羌，聽著水聲嘩啦啦漸漸沒入森林細小的水道，那裡的樹木高大又密集，因此豢養出很肥很大的松鼠，那些松鼠曾名留在，造訪過福爾摩沙歐洲人的筆記裡，據說跟小猴子一般大。狩獵的季節即將展開。

第四部

那座島嶼長出了細胞，細胞緩緩聚集而成，開始出現有著只知道名字卻無法想像的神經、血管和其他組織，以及組織底下更為細密繁雜的名詞，猶若是一個叢林枝葉繁茂著身軀和四肢的巨人，而那巨人一般的島，還是島一般的巨人，無數眼、耳、鼻和舌等等全像是由同一棵樹長出，再由繁衍的子樹盤根錯節成千千萬萬的小人兒般，落葉在鹽澤溼地間。

光

他決定離開家鄉的時候，他祖父對他說：入境隨俗。

一個地方的習俗在於祭祀活動。

他從小到大所知道的土地公，就是掌管一個地區大小事情的神明。土地公就是一個地方的習俗，他準備了水果到他即將居住的地方拜拜，他所面對的就是土地公。有的土地公廟裡還有土地婆奶奶，他所祭拜的土地公一尊神住在榕樹旁的小廟，那就是他認得的土地公爺爺，他不會多想，也不會知道那廟裡的土地公是誰在擔任神明。他偶爾工作繞路的途徑，也有一間土地公廟，那裡的土地公爺爺，大家都知道是誰正在擔任福德正神。廟方表示，目前的土地公由過去該里慈悲為懷的某老醫生擔任。他好奇上網查了一下，才知道神明的繼任規則，會由附近地區有才能有專業又善良的靈魂，升格為神明。

他有時候會好奇，有時候單純拜拜，什麼也沒有多想。偶爾還是會去問，神明究竟是什麼樣的能量。他相信科學家所說的「質能守恆」，無論是物質還是能量，永恆在宇宙間循環。只是他看不見，如果他要看見那些水、氧氣……原子還是粒子，夸克或是輕子，甚至是更小單位的作用力在某種物質或能量裡的電子、中子還是質子，他相信自己要有不一樣的眼睛。那麼或許外星人擁有那樣的眼睛，就能看見賈寶玉神遊太虛的場景，在某一個時空裡，有另一個自己的故事，似乎正在影響著自己。他高中時讀《紅樓夢》的時候，就不怎麼喜歡賈寶玉。他覺得賈寶玉被困住了，打從神遊太虛後，賈寶玉就在一個世家大族敗壞的夢境，根本沒辦法走出去。他一邊閱讀一邊也跟著在夢裡走，他闔上書本後，卻仍舊在那大花園裡繞來繞去，那裡不只是一個賈府落腳之處，更是一個個命運在各屋各角被一一架構，那些人都相連著命運，也繫緊著賈府，就像是一群蝨子在囓在咬，努力附著在一件破敗的華服上。是隨風就能飄去的華服。賈府消失後，曾經建築賈府的土地，仍舊是塵歸塵土歸土。故事嘎然結束，曹雪芹還在江寧織造的夢境裡，曹雪芹的故居很久以後才會被發現，土地和人，似乎重新有了某種穩固的連結。

他老家附近曾有一座土地公廟，就位於三叉路口。那裡究竟是一間什麼樣的土地公廟，他想都不想起來。在他印象中，那個三叉路口應該是公車站牌，還附設有公車亭。更早的模樣……他迷路搭上的五分車，就曾經停在那個位置，鐵皮、鐵架和水泥，那裡曾經是五分車的搭車亭。後來，那路口的小屋子，轉變成一間工寮，又像是堆放農用品的倉庫。水泥瓦和鐵架是那間小屋子二十一世紀後的模樣，那裡已經什麼都沒有，依然有大樹遮蔭著那間小屋子，小屋子也依然在水道旁，曾經能通往港口，也能夠划船入八掌溪的水域。某年，突然那附近的人開始尋找三叉路口原本存在的土地公神像。就像是新家落成後，才發現有家族成員失蹤。道路被拓寬後，小寮子還在那三叉路口，至於裡面的土地公神像，那附近的人左思右想，想了好久才發現土地公神像寄放在三叉路不遠的武廟，從此土地公神像就待在武廟內，沒有回到那大水溝邊的三叉路口。那附近的人彷彿又忘記了那尊土地公神像，儘管還是會去武廟拜拜，卻很少人偶爾回想起。那武廟土地公神像擺在一列又一列神明之中，不仔細看，並無法認出，究竟哪一尊是土地公神像。

他老家附近每一百公尺就一間廟，有時候廟跟廟之間靠得很近，有些廟，就只是前巷和後巷的距離，那些高低起伏的小巷子，都記錄著已經消失水道曾存在過的痕跡，小廟和老樹也是那些水域分佈的見證。他並不是每一間廟都拜，有些廟，他已經忘記為什麼不再去了。有些神，他拜著拜著，就覺得似乎不是以前他熟悉的神明。他覺得那個看他長大的神尊已經離開了，現在擔任那神尊工作的靈魂，他並不熟悉。他離開那些越來越少進去的廟，心情不好的時候，卻一個人待在大眾廟，坐在雷府千歲後殿的財神殿旁，他望著前殿背後的桂花樹，想像桂花綻放的模樣。他可能什麼都看不清楚，在那老樹高高的枝枒上是否有一點一點的黃玉白，但他能聞見香氣，進而去想像那桂花黃黃白白的模樣。有時候也坐在舊港口的榕樹邊，有時候也趴在水道旁的圍欄上，看對面左岸田野綠油油，幾朵絲瓜花在開，白白小小的野花也在開。溪流的水很淺，河道上的砂石映著溪流銅色一片，一點點銅錢生鏽後的綠色和著一點點黃銅氧化後的古銅色，還有一點點土壤的棕紅色和土黃色，還有較深地方的帶灰藍色，以至於青綠色到墨綠色，一點點紫灰色的光在水下閃，大部分還是銅色的光影搖動。

他突然回憶他親人說過，小時候曾看過番人的神將。那些廟，原本是誰的廟？他曾經問過他自己，然後任自己胡思亂想，最終還是忘記。那還是雷府千歲的大眾廟，不遠處的大廟仍是媽祖的媽祖宮。聽說媽祖廟原本是土地公廟，碼頭就位在媽祖宮的前方，如今只剩下一座橋。

他老家整個行政區域裡的廟，神明據說大部分是鄭成功部屬帶入福爾摩沙，由民間家家戶戶輪流供奉，後來才有官廟的出現。神明由民家搬入大廟，又在皇民化時期避入民家，戰後，神明重新回到廟宇。廟宇機構的登記，必須是道教或佛教的神佛菩薩。

他最常去武廟拜拜，武廟已經有幾十年沒有乩身。各地許多大廟也不再有乩身協助神明傳達溝通。苗栗白沙屯媽祖與蘇府王爺算是共用同一個乩身，乩身老人家活了很久，老人家能夠知道白沙屯媽祖遶境時，路線到底會往哪裡去。他則認識過一個年輕人，年輕人很想當大廟神明的乩身，那種乩身並不是指乩童起乩辦事。大廟主神的乩身要有良善的品格，要能為神明服務世人一生。他問過那個年輕人，某某神對那年輕人的意義是什麼？年輕人回答他說：神是他的老闆。

他想了很久，沒有人能夠擔任乩身，或許是現代人對信仰的解讀不同，對人生的規劃方向不同，對道德的定義不同，對壓力承受度也不同……年輕人笑著對他說過：是現代人不可能比以前的老人家單純善良，因為現代已經不是過往的年代。他問那個年輕人說：那你為什麼還要立志當乩身？年輕人回答：「那不是我能選擇的，是神選擇了我。」

神究竟是什麼？他看著廟宇經常只有老人家們進出，逢年過節才會看見扶老攜幼進出廟宇的畫面，除非廟宇提供收驚儀式，好叫母親會抱著幼兒等待在廟裡，考試季節也會吸引大量人潮拜拜，有月老的廟宇更受到大學生的喜愛，有財神殿的廟宇也會聚集人潮走動……到頭來，家附近的小廟和老廟，始終是老人家們在那裡走來走去，傍晚就在樹邊下棋。

他不知道自己老了的時候，是否也會常常去廟宇拜拜，把神當成家神般的信仰，他也會像他祖母那樣嗎？他不知道神是什麼，他也不知道自己以後會在哪裡生活，他知道他祖父跟他說過，要入境隨俗。他一出生，就給媽祖婆作契子。他祖母告訴他，神就是祖先，是家裡的長輩，會保佑他平安長大。

他還是不知道神的樣子，究竟是帶有多少電子、中子和質子，又被什麼樣的粒子作用，有沒有夸克在運作，是不是帶有希格斯波色子，還有無數尚未被人類發現的最小單位，存在於他所看不見的時空中，神卻漸漸成為時光機般。他看見湄州媽祖在福爾摩沙的行程裡，有湄州女陪伴，湄州女所梳的髮髻，據說就是媽祖林默娘矢志拯救漁民，誓不出嫁所梳的髮髻。如船帆的髮髻，象徵一帆風順。而湄州女所穿藍色上衣代表大海，所著褲子上紅下黑有著平安與思念的寄語。包括神明接駕和恭送的儀式，千百年來始終跟過去一樣。神的名稱或許不一樣，廟宇會改建，參與祭祀的人們也不同，但那古禮依舊。

他老家的蜂炮活動，最早只是炮竹的形式。日本時代，他家的炮城也跟附近商家相同模樣，都是一盒又一盒的鹹魚箱子，綁上炮竹，貼上恭祝文衡聖帝聖誕千秋。一九四六年，炮城是竹子作的。一九七四年以後的炮城，開始出現各式各樣的造型，以沖天炮綁在兩尺四的炮城，象徵二十四節氣，每一層炮竹有一百零八支象徵一百零八位水滸英雄，同時也是天罡地煞。十二公分的沖天炮，剛好是一年有十二個月圓滿的意義。到武廟擲筊，讓文衡聖帝同意該戶人家綁炮城，許願一次就要綁三年，有步步高昇的涵義。他總在炮城施放沖天炮的時候，恭祝文衡聖帝聖誕千秋，他在炮城施放高空煙火的時刻，則為自己許願。

千百年來進出廟宇的人們，心願始終是平安、仕途、健康和財富。他出社會工作的時候，有一陣子很少到廟裡拜拜，等到他好奇學甲「上白礁」連外國人都在參加，他也跟著那些外國人一同為保生大帝祝壽。保生大帝來自同安白礁鄉，整個祝壽儀式象徵保生大帝回家，使保生大帝得到來自家鄉的祝福般。記者詢問參與的外國學生，那些端著壽桃、水果的外國學生回答：猶如一同慶祝長輩生日而感到開心。學甲十三庄在八掌溪和將軍溪之間，劃分三角六分角，六分角意思是不足一角。角是以信仰劃分的庄頭，學甲慈濟宮的範圍是庄母，東側有水頭，西側有水尾。庄頭不只是信仰的單位，也是河流水域的單位。廟在水邊，村落也在水邊，舊時港口也在水邊，形成了考古舊水道有所依據的關聯。學甲水尾所在的後社，曾經是西拉雅的聚落。漢人開墾後的聚落從港口邊移入沙洲浮覆地，那時的港口可能漸漸消失，新生的土地慢慢出現。隨著庄頭有自己的文化，有各自的淵源，在上白礁時候，也會推出不同的藝閣。刈香時的蜈蚣陣由後社集和宮所組，三角仔的八仙過海藝閣在花車上，羅姓角的八仙棚是長長的人力推車，中角謝有盾牌般的大獅頭組成金獅陣，還有舞龍和棚戲。重頭戲則是由兒童扮演十八瓦崗寨起義裡的人物還有薛仁貴征東故事。每個孩子裝扮後坐在人力蜈蚣陣上發糖果，領頭的乩身則是名老當益壯的爺爺，踏著古老儀式流傳下的步伐，繞往最南端的下草埊環廟三圈。古老的蜈蚣陣龍頭則插著唐朝白虎戰青龍的牌子，第一個位置的兒童扮演的就是李世民。所有的兒童都是從天還未亮的著妝，到中午才能休息，還必須持續到晚間活動。每個孩子的爸媽還是努力排隊報名，只願孩子平安長大，一生富貴。人力蜈蚣陣下，鑽轎的爺爺奶奶也盡是在為子孫祈福。十二婆姐陣則是男子戴著面具和手套，舞出為小孩驅邪的陣頭。境內的法師也會到場請神明出巡，許多人拿著家人的衣服祈求神明像是收驚儀式。四年一次的學甲香，報馬仔由小黃牛擔任，學甲香是由上白礁儀式擴大舉行，上白礁也有緬懷祖先的意思，本為請火進香的活動，以海相隔同安白礁，最後發展為遙寄遠祖的活動。上白礁還有到將軍溪請水的儀式，取聖水置缽內，有飲水思源的意義。

在臺南，刈香有五大香的盛事。麻豆香有麻豆十八嬈的活動，原是新春過後夜晚的拼陣民俗儀式，麻豆香有迎暗香的傳統，活動皆在夜晚舉辦，也叫迎暗藝。蜈蚣陣是專為香陣開路的藝閣，十二婆姐陣也是麻豆香的特色之一。住在麻豆的麻豆社人跟蕭壠社人有很大的差異。蕭壠香也是五大香之一，西港仔香有白鶴陣為傳統特色，土城仔香也是五大香之一。

除了刈香的信仰，王船信仰，以及王爺和保生大帝信仰成為臺南主要的信仰文化。急水溪造就的浮水金獅活穴，讓槺榔山虎峰成為南鯤鯓五王爺最初落腳之地，鯤鯓山原有三寶，白槺榔樹、白馬鞍藤頭和烏金石，以鎮海水倒灌。南鯤鯓沙汕最終又因急水溪，招致海潮沖蝕。五王爺只好找上附近的槺榔山，槺榔山原為牧童囝仔公所得的地理，囝仔公有陰兵陰將無數，後來與五王爺透過針與銅錢的比賽，在赤山岩觀音佛祖的調停下，接受天上聖母和保生大帝的建議，讓五王爺建大廟，囝仔公坐小廟。從此留下「大廟來進香，小廟必有敬」的規矩。

他從來沒看過白色的槺榔樹，也沒見過白色的馬鞍藤頭，烏金石是不是如一般井邊的汲水踏板？他記得跟同學坐公車到大廟拜拜時，那裡一片荒涼。就在沒有大條公路的南鯤鯓代天府外，他也曾見過一位白髮女孩，白子傳說是土地公轉世，他因此驚訝得看著生平第一次所見的白化症女孩。他因此相信一定有白化的白槺榔樹和白馬鞍藤頭，他總覺得烏金石是一般井邊的石頭，隨處可見。那傳說中能夠避水氣的烏金石，或許還在，才讓北門離海越來越遠。

他在囝仔公萬善爺小廟拜拜的時候，總想起老家附近大眾廟的五營，廟的兵馬在五營，北西中南東分散在水邊和田邊，也有些地方的田邊是祭祀著老君或太祖，太祖又稱顧家太祖、三十六港腳阿立祖，老君和太祖分別掌管七十二營天兵和三十六營兵馬，似乎和三十六天罡、七十二地煞顛倒，老君和太祖的世界彷彿是另一個世界。傳說地球的地底，還有另一個世界。地上世界的土地是地下世界的天空，也有人提出地球是個盤子，他住的世界是在盤子的上面，有人則住在盤子的下面，地球自轉和公轉後，地底下的世界才能看到跟他世界差不多的那些星系。

他讀書的時候，也想過寫篇科學尚未發現的重大突破那種論文。地球究竟有何真正面目，宇宙又是什麼形狀和材質的空間，他住的世界有沒有神可能出現……他有很多疑問，一邊想著一邊準備考試，慢慢他被家聚、約會和打工淹沒他自己的時間，接著他出社會，工作繁瑣，人際紊亂。唯有當他感冒好不了的時候，才想到要去找保生大帝聊天。他阿姨癌末病逝後，他開始拜神農大帝求健康。他始終覺得跟玄天上帝很親近，彷彿玄天上帝是他家長輩，他老家巷口就有古老的玄天上帝廟，北極殿的信仰並沒有如同王爺那般擴散。是否跟原本在港口邊的玄天上帝廟，後來離海越來越遠有關，海邊取而代之的是王爺廟。又或者是因為現在出海，都有衛星定位，有無線電，有各種現代化設備，再也不需要北極星的指引？漁船裡是否還有九大神牌，彷彿是航海九星般，護佑漁船的平安。濱海公路兩旁都有王爺和王船的信仰，送王船遊天河繳旨大同小異，而清朝以前的送瘟神遊地河離開的心情，是否還是延續到如今。他聽過朋友的朋友，一家很虔誠送王船到溪畔，直到王船點燃，朋友的朋友一家才默默離開，他朋友問那戶人家說：你們要去哪？那戶人家平靜說道：他們恭送王爺回返天庭後，也要準備跑路。

王爺會回到廟宇，瘟神卻是一去不復返，他朋友的朋友從此未再與那戶人家相見，那鄉鎮裡的人們只要時間一到，仍舊會送王爺遊天河。有人把王船當神轎，只要秉告姓名、地址和所求之事，就能如願。

他記得他祖父過世後，他陪家人到廟裡拜拜，總是不知道該說什麼，他的頭在點，香在拜，人卻東張西望。他看過蚵寮的五營，是土丘上插竹棍式的竹符。馬沙溝潟湖用草人轉運，火化在溪邊。新營仍在祭拜急水溪河神。中州在農曆九月初八晚間會送牛王和火王離開，以防止地牛翻身和火災。他朋友住在吉貝耍附近，吉貝耍在農曆九月五日的晚間會舉辦傳統夜祭，村民在夜祭抱著還願、感謝和懷念的心情。

航海時代裡，星星能指引船隻方向，讓船行在對的航線上，不偏離航道方向。古人認為北極星不會動，所有星星都繞著北極星旋轉，北極星就是北方天空的象徵。然而北極星卻不是固定的星座，他知道少衛增八在西元三千年將會比勾陳一更靠近天球北極，而天鉤八則大約在西元五千兩百年會成為那時的北極星。而如今的北極星已經比過去更加靠近地球的北極，在接近後又遠離，如同西元前兩萬三千六百年一樣，等到西元兩萬七千八百年後才又會回到北極星的位置。天琴座中最明亮的織女星，在西元前一萬兩千年也擔任過北極星，下次回到北極星的位置要在西元一萬四千年。

兩萬三千六百年前，人類正在成為現代的人類。一萬兩千年後，人類是否還是人類，能否繼續在這個地球生活，還是早已丟棄地球？北極星不是由同一顆星星擔任，那麼玄天上帝呢？他想起某廟廟祝告知民眾，現在是誰擔任土地公。也想起某媽祖廟的官網說，廟裡的媽祖原是鄰近村莊的孝女。還聽說過霧峰林家的忠義武將子孫，後來成為某城隍廟的現任城隍。他所知道的北極星就像是玄天上帝，是玄武星座般，玄武如龜似蛇，也成為玄天上帝在他印象裡的模樣，踏龜又踏蛇。

玄武星座中的室宿，北落師門，從古至今都是極為神祕的恆星，它在中國能占卜軍事，它的伴星曾經死而復生。北落師門藍白色的光總是孤單懸在北半球的秋季南天上，它是南魚座的主星，是少見的三星系統，它還有美麗的星環。

北斗七星也是北方的指引，七星更是帝爺公（玄天上帝）的信仰。福爾摩沙南部有許多北斗七星的象徵，例如後壁有七座土墩猶如北斗七星墜落。七星墜地的符號不斷在福爾摩沙南部像是一種崇拜、一種記號、一個儀式或一則又一則古老紀錄下的故事。

他會游泳，但他不會駕駛任何一種海上工具，他連釣魚都不大行，只去過釣蝦場。他喜歡看星星，每每總是對著星星許願，他知道那些是早已逝去的星光，然而他還是看著，只因為還看得到那些不知道隔多少光年和多少歲月的星光。

他覺得星星也是一種時光機器，把過去的星光保留到如今。

或許神就是外星人，他想過。

他決定回家的時候，去各廟宇拜拜，那裡的神好像有些不一樣，又說不上是哪裡不同，他已經不認識那些廟的廟祝，就連去拜拜的那些人跟他自己，全似一個個的陌生人，悠悠站在他的老家。

他祖父離開外人口中的番庄之前，就曾經對他說：入境隨俗。

海上

島在耀眼的陽光下，大部分是蓊鬱的蒼綠，靠海的地方則顯現出灰灰像裙子一般，褶皺在水綠色和純白色的邊緣，顯得那些裙子很蒼老，猶如破布不斷被海潮洗啊洗的，那些裙子就碎回一條長長的絲線般，不規則纏繞起海邊，讓海岸也變成淡淡的灰色，石頭也是灰色，沙子也是灰色，林投樹也彷彿是灰色，靠岸邊的小寮子也是灰色，穿梭在海邊黑森林裡的小徑也是灰色，枯木也是灰色，海鳥也灰灰拍打起翅膀，更遠的山也在雲朵裡灰灰的。灰色的布變成絲線，又被風和浪扯回成棉絮、樹皮纖維和尚未煮開的蠶繭。在那岸邊工作的人都灰灰的，也坐在灰灰的鵝卵石看灰灰的海，偶爾有人起身，又去做些灰灰的事情，然後把灰灰不好的東西，最終都丟入灰灰的海。

王船燒起的煙是灰灰的，被溪水往海裡帶走的煙灰也是灰灰的。一開始送走的瘟神船也是灰灰的。竹子斑白而成灰灰的模樣，竹筏因此灰灰的。沒上顏色的獨木舟也是灰灰的，槳也是灰灰的，一群人划向灰灰的水道，樹蔭下呈現水面是灰色的，水下也是灰色的石子和沙土，魚也跟著灰色在水裡，浮覆地外的沼澤則偏黑，黑色的樹則像是從水底長出。她老是想起童年看過的鬼故事，有一朵從池底長出的蓮花又大有紅，人們不知道那池底有一個溺水的女孩，女孩的爸爸媽媽一直都找不到她。她邊想邊打起哆嗦。沼澤的天空是亮白色的灰，沼澤水面上的灰則薄薄一層。

她的家鄉是灰色的，她老家前面那棟洗石子二樓半透天也是灰色的，隔壁的屋瓦也是灰色的。她喜歡灰色霧面的手機殼，看起來比較不像是銀色。她穿灰色的T恤，她有許多灰色的背心和罩衫，她手上的飾品也被日曬雨淋成灰色，她的機車也是，路面上的柏油路也是，田裡的土壤也是，田邊的土地公廟也是，路邊的公廨也都是。她剛從灰灰的地帶走過，把斷掉護身符丟入灰灰的金爐，都燒成灰灰的模樣。她不久前騎車摔倒的傷口也灰灰的，她又求了一個護身符，金紙裡麵包的爐丹也是灰灰的。她在灰灰的黃昏就已經開大燈行駛，經過灰灰崎嶇不平的斜坡、灰灰的溫室果園和灰灰的養殖池，灰灰的菜園、大橋和溪水落在一片灰灰的聚落裡，那裡的房子坐向並不是正對四方，而是像繞著某種形狀而架構起的聚落，她用灰灰的空拍機拍下，似乎是灰灰的葫蘆、琵琶和滿月的模樣，漸漸都變成半月、一半的琵琶和半個葫蘆。有些灰灰的屋子傾倒在灰灰的土磚上。她騎過又一條灰灰的道路，傳說那路的左手邊草叢裡，夜晚都會傳出灰灰的鐵鍊聲，有人說那裡是古刑場，有人謠傳那裡是地獄的通道。那草叢裡的廢棄廠區，後來也用灰灰的鐵鍊鎖住大門，門口還貼了一張，「內有監視器，請勿擅闖。」

她小時候就覺得自己很多地方都不能去，例如漁船和王船。漁船上總插著神明的旗子，有些船上甚至有神明坐鎮，上船的時候還有規定要右腳先踏，但是無論她想兩腳一起踩，還是左腳先跨，漁夫都會喝斥她。

她和她祖母去漁港買魚的時候，會站在岸邊，要漁夫直接把保麗龍箱子裡的漁獲遞給她們，她們則用手指著要哪幾隻魚或螃蟹，那個漁夫便會從保麗龍抓出她們要的魚或蟹，她們提著她們想吃的魚或蟹，離開漁港，從頭到尾不敢翻任何海鮮，也不會說出那樣的話。她們更不敢隨便碰船，每一艘船有自己的護身符，每一個航海人也會有自己的護身符，她們不希望破壞別人的運氣，也不想打壞別人的規矩，她們在漁港顯得小心翼翼。在船上，連借東西都是不允許的，如果真有需要借出東西，水手便會把那東西賜死，以刀劃上一道，象徵自己跟借出的東西從此再無關聯。

她想起那些航海的禁忌和海洋的故事，海洋似乎是個讓人感到孤單的地方，聽起來像是牢獄，拿破崙就被放逐到四面環海的小島，蘇軾走到海南島天涯鹿回頭，那裡就像是人生的盡頭。海神波塞頓會用風暴和海嘯讓世界天崩地裂，他是否也覺得自己遭受放逐，儘管蓋了超級豪華的海底宮殿，他一怒，隨時都會變出怪獸到陸地作亂。

海是波塞頓宮殿的天空，島嶼則是星星。她想著星星的確有部分是岩石，也有如火山熔岩般的物質，有冰塊。海是液體般的大氣層，是宇宙般的引力，是尚無法獲得正解的宇宙間那種撐起各星體的空間，魚像森林裡的動物在海下生活，被人類般的鯨豚獵捕，也被人類捕撈。鯨豚歡唱召集起自己的同伴，漸漸很長的時間裡，都只能寂寞在自己的世界唱歌。隨著洋流遷徙，有些鯨類沒找到多少同伴，原本鯨豚的生活群聚在太平洋各處。鯨豚離開了，散居在更遙遠的地方，那些鯨魚不一定是因為如52赫茲的鯨魚，唱出沒有任何鯨豚能聽到的歌聲，所以孤單。世界似乎不知怎麼，就突然都變成太平洋上著名的海洋沙漠。那裡是令帆船感到頭痛的無風帶，那裡的海是靜止的，風彷彿從來沒有降臨過這個地球。那裡的風景很美，天空和水下的倒影幾乎一模一樣，根本分不清楚天上和海下，那裡就像是某種神祕地域的交接地帶，是次元重疊的時空，是多重世界的顯影。當船置身其中，永遠不曉得自己的真實，是否仍為真實。原本生活的世界都彷彿是一場夢，而無風帶是夢的開端，是印度信仰裡梵天所作的夢，當梵天一翻身，夢被中斷了，世界上許多人的生活因此重來一遍，又從那無風帶的靜止開始。那裡是地球的源頭，是星球原本的模樣，是生命還不知道如何運作前的寧靜。

後來，有些人從陸地到達太平洋的東岸，或者經由陸地，沿著陸地地殼的邊緣航過大西洋，然後到達太平洋的東岸。而海洋人種與適應海洋的族群則從太平洋的西岸往東岸遷徙。是什麼原因讓人類找尋著某種規則後，從祖先居住的地方遠遷到其他世界。

在大社人的心中，西方的神創造了人類，南方的神帶來雨水，西方和南方的神是最高神祇，那樣的神究竟來自何方。難道是祖靈的化身。新港社有南方、東方和北方的神祇，最高神祇是否也位在西方。來自海洋的人對海洋崇拜，故鄉就是陰曹地府的同義字，反應在葬禮儀式，有的把死者放進船中，然後放入大海。有的把屍體綁上石頭，沉落大海。有的把死者置入船中，卻採土葬的方式。印尼亞尼斯島的居民，將棺材作成船形，然後在墓地樹立巨石。歐洲傳教士記載過南部福爾摩沙人採二次葬，如阿德默勒爾蒂群島、新幾內亞島和新赫布里底群島般，讓屍體在家中或家附近的高腳屋上風乾，再下葬。死者終會去到該去的地方，那裡是靈魂集居的海上島嶼。

西方的海在某些島嶼的文化上，漸漸淪為可怕邪惡和不乾淨的地方，東方的山卻是神靈降生的神聖區域。有些邪惡就在當初放出去的船棺，得把那些東西燒化後再送走，有的島嶼直接又送走。瘟神的船也是直接又被推入海中，王船則是燒化，讓灰燼流入溪裡，回到大海中。

她聽過海上的鬼故事，有些靈魂會附在人類的屍體，當船撈起那樣的怪物，便是厄運的開始，那些靈魂會吃人，直到被發現後，那物體會變成大魚逃走。毫無退路的大海彷彿是幽冥地府，也是生者必須學會與之生存的地方。

她居住的港口小鎮越來越落寞，那裡離海越來越遠，原本她很習慣海風吹來的鹹臭味，慢慢也忘記海風裡的鹽分附著在人體上的黏膩和灼熱，只記得溪水和草叢的氣味，沼澤裡的澀味也消失了，她幾乎都要以為原本她居住的地方，一直都是長著同樣穩固的模樣。

海是通衢，儘管不知道為什麼曾經有許多人在海上漂流。她想像自己也能乘上漁船般的船隻，可能是竹筏，也或許是原始的獨木舟，帶著芋頭和豬，吃貝類和魚，緩緩就在海上生活起來，以椰子汁代替淡水，還帶著香蕉，領頭船上的人說著：他們正預備到某座小島，只為活下去。航海的人習慣小島生活，遠勝於那些大塊陸地地殼上的生活，那裡有太多不一樣的規矩和危險，內陸離海太過遙遠，航海的人或許不知道該如何生存下去。

在經過長久的漂流後，什麼都是灰色的，在海上缺乏維生素C之後的敗血症，讓一切看起來都灰濛濛的，血液也是灰色的，肌膚也是灰色的，牙齒鬆脫後出現灰灰的洞，就像是星星裡的岩石，有水也有空氣。

她搭的都是客輪，她從自己的位置起身後，只敢走到船的尾巴去看看，那裡載著一些貨物和機動車輛，她抓緊船身的欄杆，偶爾可以看見有幾個男子從船頭的甲板走回座位。

她還環島到各處海邊去踩踏在浪上，海水差一點都可能把她捲走。她還是請路人拍照，笑得很開心的模樣，儘管背景的浪幾乎超過一百公分高，浪花往岸邊推擠的時候，都淹沒了她的雙腳。由南邊的沙岸往東邊的岩岸，那裡的石頭被打得極為破碎，因此還沒有來得及磨圓石頭的表面，一塊又一塊尖銳的石板在海邊，彼此填充縫隙，無論如何也無法塞緊大塊小塊石板間，而形成一塊疊著一塊翹翹板的感覺。她怎樣都放不下自己的重心，她的腳必須快速移動在那些搖來搖去的石板上，還要注意遠方打來的大浪。比人還高的礁岩在破浪中，把海浪激盪得更高，幾乎都快有兩層樓的高度。她必須等海水退後才能通過那些危險的礁岩，手邊攀腳邊踩，腰一用力，好不容易把自己甩到礁岩上，然後快速翻落，等待海水退去的那一刻衝過，海浪旋即又攻上海邊。她回頭，兩層樓高的浪像玻璃瞬間砸碎在岸上。

傍晚來臨前的退潮，她沿著溼地往海的盡頭走去。在她眼前的海，視線成為幾乎都有一層樓高的幻影，她所踩的陸地似乎比海還低，海水卻沒有淹沒她所經過的道路，彷彿海被什麼緊緊抓住在半空中，直到黑夜降臨，那樣的海面，什麼都看不清楚。除了燈塔，陸地在哪裡，哪裡又是沙洲和灘地，礁岩與暗礁又在何方，海水和天空一樣黑漆漆，遠方偶爾有閃電掉落，持續的時間很久，隔天早上附近的海域恐怕就會下雨。她則在幾乎墨色的世界，坐在船上開始分辨黑夜裡的靜謐黑色和純然黑色的區別。純黑色像是漆器的黑，帶有光澤，深邃的黑色彷彿能將所有光和顏色的能量都吸走，成為它自己的能量，那樣的漆黑來自於海。讓人感到似乎隨時都可能破碎的黑色，是靜謐而薄薄的黑色，那些黑色被貼在天空上，成為黑夜的帷幕。

漆黑的海開始把船身搖得相當劇烈，她臨座的老人家遞給她老薑片，只要含在舌下就能解決暈船的困擾。她照做，但心裡還是很慌張。搖晃的海浪讓她覺得是陸地在地震時的模樣，她永遠忘不了九二一那天夜裡的黑色，腳下搖晃的，是脆弱隨時崩解的黑色，天空的黑色卻是充滿光澤的漆黑，彷彿海在頭上，天空在她腳下，她從此有種感覺，從那天起，世界彷彿都不一樣了。

在九二一之後，手機開始普及在她的世界，電視節目不再來自傳統三台、非法第四台和接收國際頻道的小耳朵等等。她使用的手機螢幕越變越大，網路變得更常被每個人使用，後來年年都變動。中小企業不再是她世界裡的經濟支柱，老闆不再認識每個工廠裡的員工，豪宅也接連出現，有許多工廠說倒就倒，世界更常常因為某個國家的經濟問題而興起全球效應。她朋友的哥哥在金融海嘯失去所有存款，有許多人在印尼大海嘯的時候失去生命，世界似乎比她年幼時，更常發生大規模的地震，她還記得她同學慶祝生日的那天，日本的地震正引發海嘯，海邊到處是破碎家庭裡的回憶照片，事後有許多志工去幫忙清洗整理照片，只為了讓失去一切而仍然活下來的人有一點慰藉。

她從來不知道那樣的變動是好還是不好，她工作的城市移入越來越多的人口，湧進幾乎上下班時間就會癱瘓交通的汽機車，她變得更常用走路的方式行動在她工作的城市，在她老家沒落的小鎮，也在其他地區，就她一個人走著，去參加她朋友的婚禮，去看她朋友生孩子，去她朋友的新家參觀，去聽她朋友的老公訓話，去調解她那些想離婚的朋友，去參加她朋友小孩的入學典禮，她回頭的時候，忘記自己是不是少努力了什麼，才會最終只剩下工作，只剩下偶爾見面的朋友，然後就是她自己，以及只會搖頭嘆氣的母親，還有看電視一直睡覺的父親。她因此會想起她大學時代交往的前男友，也會想到那些大學畢業後人家介紹的異性……睡前經常想到的，都是和朋友一起出遊的那些時光。後來，她花更多時間在工作上，她朋友找她的時候，都是為了抱怨老公和小孩的壞話。

她有更多時間會在家裡走著，在家裡作瑜伽，在家裡發呆，然後假日只知道睡覺。她朋友的通訊軟體頭像下，書寫了幾個字，是對自己勉勵的話，「不要放棄夢想」。她不經意瞥見的時候都嚇了好大一跳。她在小型廣告設計公司上班，整間公司就只有她一個外人員工，其他人是老闆的女兒，是老闆的兒子，是老闆兒子的女朋友。她則是一個在超商上班的人，是一個人工作在明亮寬大超商背後，那逼仄黑暗角落的孤獨會計。她在幾十人的公司裡，擔任行政的工作，她經常要對送貨的人大吼，也要對趕不出貨的員工大吼，還要對莫名插單的上司大吼，她也會對自己大吼，卻不知道能不能適應其他公司和新的工作。她在牙醫診所當助理，她低著頭就是在跟手機聊天。她在黃昏市場賣衣服，發現老人家的衣服很難賣出去，賣太太和小姐衣服的攤位又太多攤，她覺得小孩的衣服很好賺，她漸漸從賣老人家衣服的攤位轉型賣童裝和兒童用品的攤位，她的小孩則陪她擺攤，睡在攤位下的塑膠籃子，既不吵也不鬧。她在工廠工作十幾年，照顧車禍重傷的先生，直到先生終於能夠自己行動，她先生說想做生意，她只好辭掉工廠女工的工作，陪她先生作她不熟悉的餐飲業，孤注一擲。

她什麼都無法去想，坐在黑天黑地的船上，她心裡默念觀世音菩薩救命，還努力祈求媽祖娘娘讓海浪平靜。她含著老薑好不容易撐到碼頭，下船的時候，她腿一軟，差一點就摔入黑漆漆的海水中。她臉上全是驚嚇後的茫然，她跟著人群坐上公車，她一個人轉車在回家的路上，突然想起古早漁船裡原來有許多神像。她看過鄰居拍下的照片，那些神像由大排到小，由高排到矮，先是九大神牌前的神像（天后、洪聖、金花、華光、觀音、北帝、關帝、陳王、財帛），然後是家神牌前的家仙，最後是佈置成船頭牌前兩尊神像，朝江和望海。她驀地就哭了。

她不知道那些漁船上的神明故事，但是她從小就很清楚媽祖娘娘的神蹟，媽祖娘娘為了指引漁民平安回到湄州，媽祖娘娘立誓不嫁，一心想拯救漁民離開海洋的威脅，但等到下次行船的時間一到，漁民仍然還是要回返到危險的海上，那裡是生存唯一的出路，也是死亡歸屬之地。

小冰河時期，迫使歐洲人往海上發展。他們沒有玻里尼西亞人的頂星觀測法，他們不知道究竟會遇到什麼樣的島嶼和什麼樣的人，他們還是依靠著已經建立的港口，他們有港間距離表，他們有自己的航線，他們依靠著水手的經驗，設定該轉向的地點。航海曆記載詳細的星體數據，還包含每顆星星的高度和傾角，日蝕與月碩的日期，以及每天的天文現象，好讓船隻知道自己的位置跟航線的位置，船才能準時進港，貨物才能順利運達，陸地上的人們也才能掌握海上船隻的方向。陸地與海上靠著種種聯繫而成為一體，彷彿是藉由那些通衢，才能踏入海洋世界的一點點領域，然後在完成自己的工作後，趕緊歸返。

海世界大部分的領域則像是太平洋的無風帶，那樣的海域會讓船隻避開，就如某些島上的不安定因素，而使船隻繞行。灰灰的海盜、灰灰的海域、灰灰的小冰河時期……都像是老鼠身上的灰色，是冬天楊柳絨毛般的灰色，是雪和著泥土的灰色，是什麼都沒有的灰色，是船啟航時的天色，是船回返的顏色。

她記得一家人迷路在山上的時候，她如何依靠路旁小小的縣道標示，從窄仄只能行駛一輛汽車的道路裡，緩緩從南化、楠西，然後進入玉井的範圍，那些道路像是牛車通行的古早通路，起起伏伏在水道、小橋和聚落邊，那些聚落都是灰灰的土角厝，聚落裡的小徑也是灰灰的夯土石子路基，圍繞聚落邊的竹林也灰灰的，老樹也是灰色，風一吹，猶如楊柳絨毛般的花苞，是冬天的灰色籠罩在該是夏天的福爾摩沙南部。那些路是否就是大武壠社人遷徙的道路，由玉井逃到楠西和南化。大武壠社人是原本就住在山林裡，還是漸漸往更南端的山林遷徙？玉井又是大武壠社人原本居住的地方，還是沿著北邊山林進入到玉井地區？大武壠社人根本聽不懂新港社人在說什麼，新港社人強行進入玉井，宛如日軍進到噍吧年。大武壠社人看過在山林裡出沒的小矮人，新港社人沒有看見。海邊沒有小矮人的傳說，小矮人的傳說都在山上。她曾經也想見一見那傳說中的矮人，是紅色的頭髮和綠色的皮膚。《世說新語》裡也有奇怪髮膚的孩童。她從來沒有見過傳說中的矮人，她家市場曾經有一個侏儒症青年在賣菜。她經常回想她所居住的世界，以前究竟是什麼模樣。

她祖母留著一頭灰灰的長髮，一個人就坐在灰灰陰暗的老舊浴室，那裡有一座土夯起來，類似浴缸的水箱也灰灰的，她祖母就在那灰灰的地方梳洗著一頭灰灰的長髮，跟她那有著一頭被雨水濡濕而亮麗黑髮的曾祖母一樣，都坐在同樣的位置，梳一輩子也沒剪過的長髮。

她的長髮在上國中之後便剪掉了，她覺得離開她身體的頭髮瞬間就灰色了起來，如同她那國中校園裡的跑道破了又修修了又破，露出灰灰瀝青的年少歲月。

她踩著灰灰的陽光，一步一步慢慢長大在她那灰灰的世界，水泥把她的世界變黑，然後又褪色成灰。很長的夏天把她的世界烤得也灰灰的，化工廠和更多人造污染全都使她的世界更加灰色，她的眼皮上都蒙著灰灰一層，她鼻孔裡的煙塵也是灰色的，路上的房子和車子全都是灰灰一片，她拿起她祖母的舊照片也是灰色的，人工上色的部分已經褪色，她不知道她居住的世界原本是什麼樣的顏色。顏色就像是某種聯繫。

在灰灰的天空下，彷彿什麼都早已消失，只有溼地在她腳下仍像是灰灰的獨木舟，向海的盡頭駛去。

茄苳

那種樹長得跟榕樹混淆在一塊，但是顯得乾淨許多，樹傘隨著歲月越長越大，沒有鬍鬚所衍生的子樹，沒有掛滿像蠶一樣斑駁又蒼白著灰綠色的樹葉。茄苳的葉子像是羽毛顯得油亮光滑，是被雨水濡濕的羽毛，一片一片聚合成一隻大鳥隱身在茄苳樹冠裡。茄苳樹有著鶯色一樣的花序黃綠綠從羽葉伸出，小而薄透如透明剛羽化的蟬，淡淡的青綠色在樹枝上。樹幹像泥土般的顏色，是只能種植花生般旱作的赤褐色土壤，遍布不平在茄苳的樹幹上，彷彿那茄苳樹幹是隆起的高地，茄苳樹冠則成為高地上的矮灌木林。樹叢在八月到十二月間有漿果，圓圓褐色掛在樹上，猶如一串又一串被太陽曬傷的葡萄，茄苳漿果是白頭翁、綠繡眼和臺灣藍鵲所愛的食物。人類也會把茄苳樹的果實醃漬，成為甘甘甜甜的零食。茄苳葉還適合煮雞湯，也能煮虱目魚湯。

那些因小艇馬達聲而驚嚇在養殖池裡的虱目魚，跳著跳著把沒消化完和已經消化過的食物全都排泄得一乾二淨，等著被彎成圓弧狀，保持魚身還能閃著彩虹般的光芒。那樣的魚配上光亮的茄苳葉，就像是一口吃盡春雨下的藍白天空、春柳的新芽、春絲未經漂染的白黃風景和產滿白白小小幼魚一池湖水的香氣。

茄苳不只是葉，就連根、樹皮和嫩芽皆可入藥。茄苳木材耐濕，還可用於建築、家具與農具，就連牛車的車輪也是茄苳木製造，以及古早時代的水桶和屎桶等等，極易栽種又能抗污染和防風的茄苳樹，也會在秋天葉子轉紅的時節，慢慢讓自己化身如秋楓般的樹木。

他們上岸的時候都看過那樣的樹木，離港口不遠，沿著溪水總會再度看見那種樹的模樣，無論他們是在因為颱風而被海浪往岸上一捲的白日，或是跟著海盜在黃昏昧暗不明的時刻悄悄上岸探險，還是利用夜間漲潮的海水把船隻送上水道的盡處。他們早就聽過許多生意人談論那些地方，也閱讀過歐洲傳教士的文獻資料，那座島上的風景總是被描繪成椰林蕉樹中，打扮得像隻大鳥或是猛獸般的野人居於其中，野人在草原捕鹿，在水邊射魚，在樹上採檳榔，在殿堂裡喝酒跳舞，還在城堡中狂歡……他們有的刺青滿身的鷹、蛇和熊，有的以貝殼裝飾頭、胸與四肢，有的塗黑齒，有的仍然如太古之民鑿穴而居……與山妖水怪為鄰，還吃人肉。

一六九七年郁永河在《裨海紀遊》中寫道：「野番在深山……仰不見天……巢居穴處，血飲毛茹……」郁永河趁著採硫磺遊歷福爾摩沙，途中遇友人，友人濕漉漉剛從海邊往山林邊界走，友人的船翻了，郁永河建議友人往南走回府城，那裡會有回家的船班。郁永河那時在福爾摩沙的中部，平原間突然就有山嶺出現，其中臺中和苗栗分界是一座屏風般的山丘，從平地拔地而起，屏障住海跟山的交界。郁永河走過好幾座那樣他眼中的高嶺，慢慢才進入他記錄中，「經過番社皆空室，求一勺水不可得；得見一人，輒喜。自此以北，大概略同。」他很失望卻也很慶幸，不時還抱怨，那裡是狐狸野獾般的棲息地，人類實在是不應該到那樣的地方出沒。他還寫過那些幫他御車的野番，「遍體雕青……兩臂各為人首形……纍鐵鐲……又有為大耳者。」他也遇過巫師，而描述：「有番婦至……貌不類人……曰『此婦有術，善祟人，毋令得近也』。」郁永河的冒險，讓他在福爾摩沙的叢林裡，度過一夜又一夜的驚心動魄，「小蛇逐人……暮不敢出。海風怒號……林谷震撼，屋塌欲傾。夜半猿啼，如鬼哭聲，一燈熒熒……」他幾乎都不知道自己為什麼要在夜晚行走在山林間。儘管有正當的理由，他得去採硫磺礦。四周的氛圍究竟是令郁永河恐懼，還是厭惡，是焦慮，還是真有什麼在暗夜的樹叢裡晃來晃去？山中據說有妖有鬼，有會吃小孩心臟的女巫，有一個又一個感覺蒙死神召喚的病人被擱置在小屋裡，那些病人時而疼痛哀嚎，時而如死去一般寂靜，時而只是淺淺呼吸著，像是倒數起生命的終結，一六二七年的《臺灣略記》描述西拉雅的婦女在三十六歲或三十七歲以前不能生下小孩，尪姨會執行墮胎……而在西拉雅的社會，男子也是在那樣的年紀退休，山林瀰漫著死亡和老去的氣味。

還有儒學教授寫了《臺灣紀略》，當中描述深山野番說：「其人狀如猿猱，長不滿三尺。」一六九六年的《臺灣府志》則記錄：「人形獸面、鳥喙鳥嘴……」

福爾摩沙究竟住著什麼樣的人。

《隋書》〈東夷列傳〉寫道：「其男子用鳥羽為冠……婦女以羅紋白布為帽……。」

《尚書》〈禹貢〉篇：「島夷卉服，厥包橘柚云云。」

郭璞曾解釋《山海經》裡的雕題國（福爾摩沙）人：「涅其面，畫體為鱗采，即鮫人也。」

《臨海水土志》〈夷州記事〉：「此夷各號為王，分劃土地人民……。」

寫的人離開了，被寫的人不知道是否還存在。

他們總想離開，是因為那座島嶼不是他們原本的居住地，或者是因為那座島上的魑魅魍魎傳說，或者是因為沼澤瘴氣，是因為野番、野獸、野人和不知名的生物在那之間穿梭……他們有的生病了，他們有的瀕臨官位不保的命運，他們只是師爺般的人奉命行事，他們必須藉由外調而升官，他們得對公司和上司有所貢獻。而居住在其中的他們，那些被認為是野番的他們，他們在外來者的眼終究像是生病了，對世界過於懼怕，對外人感到焦慮，對變動無法適應，他們真的生起莫名其妙的病。那些病連巫師都束手無策，巫師只好進行降魔驅邪儀式，直到那些病重的人死去，巫師對那些人的家屬說，那個可憐的人終於得救了。有時候巫師也會因此染病，巫師對自己也束手無策的時候，那些外來者帶入了他們的神，外來的他們讓原居住者的他們相信，他們的神比較厲害，他們因此擁有真正能治病的藥。那些巫師被外來文化衝擊得很沮喪，她們漸漸忘記自己曾經被稱作是伊尼卜斯、尪姨、巫和祭司，她們根本不知道自己的神去哪裡了，無論她們爬上多高的屋頂，跳多麼瘋狂的舞蹈，喝再多的酒，嚼很多很多的檳榔，她們還是感到生病的疲憊和虛弱的無助。她們有些認為是自己的錯，是村民的錯，是外來者他們的錯，而那些錯卻無法被挽回。神拋下了她們，鬼依舊存在。外來的他們也會生病老死，她們為他們祝禱的時候，都希望斷了氣的他們能真正離開。

從海上漂流靠岸的時候，都以為那是一座幻影。時間可能是冰河時期，是幾千年前，是幾百年之間，當大航海時代來臨，在明清朝代之際，傳說很久以前迦太基人也到過福爾摩沙，那裡就是歐洲人、美洲人和亞洲人認為的福爾摩沙，但實際的福爾摩沙並不存在，就如同非洲、澳洲和南極洲在各自原始部落裡，有著許多不一樣的名稱。那座福爾摩沙是一個美麗的地方，可能是帝俊妻子居住的仙島，是羲和與十個兒子太陽的家。十個太陽讓來自海上的人熱壞了，那些決定居住在福爾摩沙的人射掉天空的九個太陽，其中一個受傷的太陽掉入月亮的部落，從此受傷的太陽就叫做月亮。而在《臺灣海防並開山日記》中記錄：「上崖懸升、下壑習墜……古木慘碧，陰風怒號……。」那樣的山林裡有更多關於太陽和月亮的傳說，有部落傳言月亮曾比太陽還要熱，如今的太陽卻比月亮還要亮上三十倍，月亮或許突然就冷卻。

月亮的名字原本比太陽的名字還先出現在地球上，假使月亮真的比太陽還亮，那麼古早時代他們所說的神話，或許就能夠解釋。月亮的神話有十隻月鳥，有大木，就如《山海經》裡的太陽故事。

「湯谷上有扶木，一日方至，一日方出皆載於烏。」

「有大木，九日居下枝，一日居上枝。」

湯谷位於東方，月亮的世界則在西南方，那個地方叫做廣都，后稷就葬在廣都，是死者安詳的地域。月鳥是鳳凰，是引領死者歸還死鄉的神鳥。在福爾摩沙許多部落語言裡，太陽和月亮是同一個字，在印尼，在澳洲也有同樣的情況。大洋洲的故事裡，有來自月亮的小孩，只要三、四天就能長大。月人的神話就像循著月光一一照亮在海面上，宛如闢開一條通往另一個世界的道路般，緩緩散播在南島語族的世界。廣都就是月亮的名字。常羲也是古代創始天神帝俊的老婆，在《山海經・大荒西經》記載：「帝俊妻常羲，生月有十二，此始浴之。」廣的發音，幾乎代表月亮，嫦娥奔月後，就住在廣寒宮，代表嫦娥住在月亮上。

日月東升西落，從神話漸漸變成天文現象，最終是宇宙的星體，未來不知道會成為什麼樣的議題。福爾摩沙也從蓬萊仙島，成為東夷之地，到福爾摩沙的名稱，然後持續成為蠻荒沼澤之野，直到港口誕生。他們還是想離開，無論是久居、暫居、路過還是觀光遊玩的人類，他們把生活過得一天又一天被時間給腐蝕掉那般，彷彿期待著離開的那一天。或者，總認為一定會有離開的那一天，然後以借居者、暫棲者和據地者的心態，去圈自己的房屋、田野和家園，去圍自己的生活範圍，去剷除那些不必要的動物和植物，總是緊攥著好不容易掙來的東西、土地、家和社會，想像自己仍在海面上的驚濤駭浪，仍舊在荊棘滿佈的遷徙路途中，活在不停奔走，往上爬，往下鑽，往大地不再碎裂的地方，遠離大水湮滅的地區……不斷想像依然如刀割的凍寒，對不確定的恐懼，對遷徙的夢魘，還有對一無所有的驚駭，對再也無法移動的自己感到無力的放棄。他們終究忘記自己為什麼要離開，又為何曾上岸。

日子還是一天一天過去，從舊石器時代過渡到新石器時代，經歷了鐵器時代，然後是農業社會，以及工業人生，一腳又踏入宇宙的世界。福爾摩沙和鄰近的島嶼都像是一尾又一尾的銀魚，他們在海上看著看著，就佈下了四手網去抓，也直接用漁網去撈，然後不知道是海在拖著他們，還是他們所搭乘的船在拖他們，是那些銀魚般的島嶼在拖著他們，他們彷彿是坐著船被困在四手網裡的銀魚，也像是漂流海中被漁網撈起的魚隻。他們是一隻又一隻白白小小的透明魚苗，直跟著島嶼般的銀魚，過著被網住的生活，正在被什麼拉著，他們終究感覺到有些被迫的力量，像是來自海上、陸地和他們自身說不出的憂鬱。

他們有的必須要吃安眠藥，才能讓自己休息。他們有的還喝著藥酒、汽水加電視廣告的提神飲料，又喝了一口啤酒，才能讓自己繼續工作。他們經常抽煙，他們買許多檳榔，只嚼了幾口就吐掉，像鮮血流出身體外，感覺有種消災解厄的儀式，卻還是吐不掉身體的疲累。他們一直在工作，然後不知道小孩什麼時候長大，不瞭解自己還能夠過著什麼樣的日子。他們會在投幣式卡拉ＯＫ店流連忘返，他們也會去小吃攤跟某些伴唱的她們一起唱歌。他們會在工廠下班後，去撿拾資源回收，也在家裡做著手工活，然後他們的孫子還是很小，那些孩子不是餓就是哭，看著電視也在打架。他們不知道自己為什麼只能發傳單，在大熱天站在馬路邊緣，扛著廣告牌子。他們在便利商店打工，他們跟客人閒聊，他們說總有一天也想當老師，他們說：只要有夢想一定可以實現。他們說：不完美才能顯示出美好。他們鼓勵自己不要停止微笑。他們也說：少在那裡自以為是了。他們打開手機，在通訊軟體的世界，寫下：為什麼橋下的溪水簡直快要不見。我懷了你的孩子。我也是男生。我開玩笑的。我知道。沒有雨和霧，務農的人都不知道要怎麼工作。我又在吃美食犒賞自己。我為自己買了一個包。你想看電影嗎。沒關係，我可以自己一個人去看。我買了一堆書，都來不及翻。我爸說我只會玩手遊，他罵我，所以我騎腳踏車出去走走。我覺得韓國的男生很帥。他那麼好命，又要去日本玩……。

他們各自走在路上，像一波又一波被挖到的遺址，還不能夠確定正確年代，無法真正知曉各遺址之間的關聯性，還得推斷是二次沉積，還是本來就出現在那裡。他們一個一個讀著書，賺著錢，沒在對的時間談戀愛，也沒遇上過對的戀愛對象，他們漸漸就只能是一個人看電影，吃炸雞，配啤酒，然後喝氣泡水，追劇，上健身房，到操場跑步……工作，遊玩，隨著肚子和手臂越來越下墜的肉塊在風中搖曳，才知道自己的年華老去。許多人都拖著沉重或是空虛的身子在自己的世界裡走動，他們是什麼時間到達福爾摩沙，他們為什麼會到達福爾摩沙，他們是誰？墓葬是朝南還是面北，仰身直肢葬或曲肢葬，棺葬還是甕葬，有什麼樣的飲食文化，會使用何種工具，留下什麼線索，告訴後來的人類，那是一支什麼樣的族群。是南方人還是北方人，身高多少，牙齒特徵，有沒有基因可以鑑定，是怎樣的遷徙路線，是走陸路還是水路，是冰河時期走路到達，還是大水時期航行靠岸，究竟又是什麼樣的理由，在何種風向使然。如同日月潭湖底神祕的白色一道一道沉積物，那是從黃河流域漂洋過海的沉積物。

匈奴人消失了。有些業餘研究認為混血的凱爾特人也曾經融合了匈奴的血。匈奴是怎麼出現的？有些想法指出，《史記》〈天官書〉云：「奎曰封豕，為溝瀆。」奎宿是狼的象徵，溝瀆是音譯，也是指匈奴。匈奴彷彿是從地球的北方突然出現，然後策馬到處遷徙，匈奴原本並不是匈奴，或許是一群真正的北方人，是原於陸地的人，他們也許看過最原始那顆發光發熱比太陽還厲害的月亮，他們肖狼，他們也崇拜鹿。跟穿魚皮衣的那群人不一樣，和崇拜蛇的人不一樣，與那些穿白衣服和喜愛神鳥的人也不相同，匈奴一詞也是音譯，由來是太陽，卻是月亮的古音。

人類究竟為何會變成人類？無論是仰身直肢葬，還是朝南……文化在生活裡逐漸分歧，東方有扶木大樹有神烏居住，世界據說有世界樹撐著地球。凱爾特人的德魯伊特學校種植聖樹在太陽投射的至日角度上，那些是古代大馬路的三點交界，直到森林被辦公大樓取代。福爾摩沙的巴則海，認為神住的地方曾經存在高大神樹拉爾瑟。港口邊始終都有大木，像燈塔指引方向。

他們覺得自己本來就是如此，只是一顆種子，莫名落地就成為一棵樹木，在福爾摩沙裡的樹木，就只是在某處的樹木，可能在名曰琉球的一株樹木，就只是樹木，過每個時間點上的日子，船原本也是樹木。在元代《島夷志略》煮海水為鹽，在漁業興盛的時候出海捕魚，在現代社會打工，依然是一株無法移動的樹木，而感到恐懼，又覺得總有一天會離開，倘若颱風來襲，河床掏空，挖土機突然出現，然後生為一棵驀然被種下的樹，終於能夠像一艘獨木舟，從枯草般的山麓（那裡早就是柏油道路、鐵皮屋和水泥磚塊透天厝）往下，果樹彷彿還活在元代《島夷志略》裡的紅光燭天山頂，暮色搖曳起果樹，還有一旁更舊的工寮和再也修不好的公路。汽機車在山路間，也像是一艘艘獨木舟在溪水中流動，由高到低，汽機車穿越的是隧道，獨木舟掉落的是攔沙壩或是其他人造設施。那些汽機車看上去，好像發呆在山路、溪流、湖水、聚落和高大的水泥擋土牆。獨木舟也發呆於那些學校、郵局、果園、養殖池、道路、房子、餐廳、遊覽車、窗戶、嚇得倒地不起的山羌、松鼠、幼童的哭聲、蝴蝶、滿路不同品種的杜鵑花、楓樹和各種動力交通工具，全都空虛在那時那刻，獨木舟想說些什麼，也可以說是那些樹想說什麼，是他們到底要說些什麼。嘴裡吐啊吐空氣、口水和窸窣窸窣的聲響，終究什麼都沒有說，然後繼續奔流在破敗蕭條的水泥街道、寒愴的古代方磚聚落、沒落的現代高樓和冷冰冰的交通號誌，路邊還有人家晾曬老舊衣物與被野貓扒開的垃圾袋，跟他們好像有著什麼樣的生活關聯，又好像只是路過。

熟悉的恐懼和陌生的焦慮，不間斷交替在他們的心中，彷彿他們才剛上岸，趕走了住在海邊的他們，他們是赤崁社人，他們後來成為新港社人移入新市。新港社的他們是大目降人，移入大武壠社他們所居住過的新化。新港社人他們還遷徙山上、左鎮和永康。安定的直加弄港可以讓小杉板船進入載運五穀、糖和菁，直加弄的祖先是否與菲律賓的Tagalong有關，並無法證明。直加弄有蕭壠社人開墾，善化目加溜灣社的他們移入安定。曾文溪改道淹沒舊竿寮港，如今只剩下安定的芋寮莊，不知道是否就為竿寮莊。

他們是樹，他們是獨木舟，他們是汽機車，他們也是房子、田園、工廠和古蹟，他們是他們自己，無論怎麼移動都踩在自己的恐懼，像土壤，他們的根抓緊了某些東西，如同貝殼化石、鯊魚牙齒和海痕，也猶如他們的夢想、幻象和欲望，隨著海升海降，他們彷彿離開，他們似乎轉世，他們再度踏上陸地的時候，所有無數的過去都還沉降在一座島的土層裡，成為蓊鬱的高山和海邊的沙洲。

一棵茄苳，自黑暗的土壤嫣然薄透嫩芽的青綠。

他們相信曾有一棵茄苳，在故鄉，在記憶底，在內心的某處，像燈塔，指引著某路徑。

第五部

那個村落還是有許多老婆婆，從八十幾歲邁向九十幾歲，一百餘歲以後，只好賦閒在家裡聊天。在那之前，她們仍在附近的工廠上班，在菜園摘菜，然後到處找人開講，或者把腳踏車騎呀騎的，不知道最終會想騎去哪邊。

探路

沒有一個地方是安全的，安平曾經是臺窩灣社和赤崁社的土地，海水帶入荷蘭人，把臺窩灣社人往北趕到安南，往內陸到臺南南區，往南到永康、歸仁和仁德。

雲豹在山上種果樹，在很斜的那種超大斜坡上，除了雲豹的果園，遠方還有要費很大力氣才能爬上的茶園，為了防止土壤流失，那些茶園的主人把每一階茶園都蓋得差距很高，好讓雨水不會一下子把泥土沖下，而淹沒茶樹。那些階梯的高度都超過一百公分，上下每一層茶園，都得雙手雙腳併用爬上爬下，直到往更為陡峭和狹窄的山嶺深處，最終僅剩下一人能夠或攀或拉走上去。

雲豹一出生就在山林裡，雲豹的父母出生在平地，雲豹的父母從臺南搬到嘉義，又從嘉義到達臺東，最後往山林裡，頭也不回走去。住在較為山下的人跟山上的人說：山裡面真的有東西。雲豹聽過那些傳聞，但一次也沒弄懂究竟是什麼東西在山上，他從未親眼見過。他卻相信自己的父親的確看到了什麼，就在那些星夜下透著深藍色到墨色般的杉林裡，他父親怎麼就不走了，他父親是為什麼心甘情願留在山中，在那大多數時間都像是被黑夜籠罩的森林裡，那裡也宛如深海。

深海中，用強光一照，或許可以發現一尾全身半透明還閃著藍灰色螢光的怪魚，張著像牙齒又如同一叢一叢海葵聚集，全是由外向內一排一排的進食工具，那種像魚又不是魚的生物有著綠色的眼珠，那樣的眼睛不知道在深海是否有實際作用。當潛水艇的燈暗下，黑暗的深海在光消失的那瞬間，佈滿起許多微小，有的有亮點，有的沒有亮光純粹透明著身軀，那些像是微生物的未知生物儘管微小，卻可能是某種蝦子或更為細小的甲殼類。然而大部分的生物都很巨大，像是兩百多公分的鸚鵡魷魚，全身唯一的不透明處是眼睛。還有幾十公分到十公分的各種章魚，分布在深海的中層。不透光的腸道、亮晶晶如骨骼般的身軀架構、紅褐色的斑點、薄膜般的軀體、如金子被燒紅的鱗片、刷子般的捕食器、發光的腳肢和星點般的浮游生物，滿滿擁擠著海洋百分之八十五的體積，那裡有氣層，有海流，有浮游生物的分層去隔絕一個又一個深海中的星球和宇宙，當拖網從海面上的時空往海底下墜，拖網在穿越也在破壞，那些各自安定在原本環境內的空氣、水流和生態，直到接近海底，網子一撈深海脆弱的軟體珊瑚礁瞬間消失，像毀滅恐龍時代的隕石，一瞬間毀滅地球大半的物種。

那些有美麗羽毛的雉雞就像是穿著星點裙子的魷魚，在深海的黑暗般，那蓊鬱森林的黑暗中，行走時，都像是在跳舞。雲豹的鄰居不吃雉雞，他們只需要雉雞的羽毛，別在勇士身上象徵榮譽，那些雉雞沒有恐龍的外貌，卻殘存恐龍演化的基因祕密繼續生存在地球上，成為被馴養卻不被食用的美麗寵物。

雲豹望著那些雞隻流口水，後來雲豹的鄰居也吃雞肉。雲豹在成長過程中，覺得自己跟鄰居們並沒有什麼差異，除了跳下溪水的時候，雲豹全身的多毛阻擋了他下水的速度，又讓雲豹的毛細孔在上岸時候，被風一吹，雲豹馬上就感冒。雲豹的鄰居還會拔去前額的毛髮，讓額頭顯出方形開闊，就像是大地的模樣。雲豹則滿臉都是毛。雲豹的牙齒很白，雲豹童年掉牙的時候，是鄰居幫忙拔牙，用線和樹枝像開弓一拉，雲豹只流少少的血，很快就開心到處亂跑亂跳。

有些竹林，大人不敢讓雲豹靠近，住在那些地方的人全用燒焦後的樹皮或樹油，把自己的牙齒染黑。那些人的拔牙經驗並不愉快，他們已經成年了，被拔掉的是再也長不回的牙齒，空的牙槽會讓其他牙齒亂長，還得用木片固定空洞，以保護其他存在的牙齒。

颱風來襲時，竹林外的那些風聲就像是要把整座山摘除。雲豹曾經感到害怕過，他父親要他別怕，只要雨水不淹沒土地，就也沒什麼好怕。

雲豹的父親把自己住家的屋頂用木板釘得更牢，還去果園把那些果樹綁緊，能夠搶摘的水果先摘，不能摘的果樹用網子保護，雲豹也在一旁幫忙，當他和他父親回到屋子裡頭，他們把門窗關緊，卻還是聽見狂風在山林裡尋找，宛如海盜在追擊船隻。

雲豹的父親在路邊賣水果，雲豹也在山路邊賣水果，雲豹賣水果的地方，後面是一片大的山壁，山壁上有許多暖溫帶的樹木，有草，有一根根水管，雲豹還可以在山壁下突出的平台，搭蓋一間工作用的寮子，那間寮子就位在更下面山壁的上頭，那裡有路，有幾幢屋子，也有果樹和其他樹木。

雲豹小時候學鄰居又跳又跑繞著那些山壁、林子和幾乎像是山羌走過的道路，那群孩子會避開某些區域，可能是某種生物的遷徙道路，是猛獸求偶季節的必經區域，是山林生育的時間，也可能是傳說中禁忌的老樹，是據說惡靈聚集的山丘。那些地方都像是深海熱泉區所噴發後的石柱，是巨大的海底火山口，是深不可測的洞穴，那些地方儼然應該沒有任何海底生物居住，實則不然。就在那樣的地域，對任何生命都有一定的危險，不管真相是什麼，或許是溫度，是化學物質，是原始獸性，是生命的脆弱或者是無法揭曉的祕密……造就著真實的受傷，或是心理創傷，乃至於原始的集體潛意識，不安的情緒，和冒冷汗的身軀。雲豹的鄰居說：茄苳樹是鬼樹，是靈魂聚集的地方，在野外或是晚上行走，一定要避開茄苳樹裡的惡靈。

在雲豹眼中，千年的茄苳樹只是老樹，是神木，除此之外，雲豹並沒有認為茄苳樹有什麼奇怪的地方。就像深海有巨大的管水母，身長比藍鯨還要長。雲豹經常想去看看，看他父親生長的地方，離海有多麼近在咫呎，那些巨大的水量儲存在海洋裡，就像龐大的森林藏匿多少種難以估計的生物。

雲豹告訴他父親，他們居住的森林已經不再巨大，森林裡的生物早就離開，他們或許懂得潛海，也能夠偷偷搭船跟著到世界各地，反正那些動物走了，沒有留下屍首，被開發的森林就像被拖網鏟過的深海珊瑚礁，無論幾萬年才能夠長成，只要一發動機器，那些花很久時間才出現的景象，瞬間就會消失。

雲豹的父親開始喝酒，跟一群愁眉苦臉的鄰居們。他們把很甜的酒都喝得很苦，然後假裝很多東西都不存在，像是沒有了磚塊和鵝卵石的神壇，沒有豬頭殼還綁在柱子上，沒有人首曾經插在竹子上，沒有人在跟神說話，那些巫師明明還在唸咒，自拍雙腿，大叫，然後有人唱歌，很多人都在跳舞。在太平洋上，也有會跳舞的少女，她們不是巫師，比較像是巫女，她們就像是古埃及的神妓，又像是美麗高貴的仙女，那些少女被嚴格訓練舞藝、生活言行和各種才藝，在重要場合，用椰子油梳起高高的髮髻，她們會穿上島嶼最漂亮的華服，將貝殼和花朵裝飾滿頭滿身，等到奮力把高難度的舞蹈跳完，她們會累得半死而昏厥，她們甚至因此受傷，她們還可能丟掉性命。那些在屋頂跳舞的尪姨也是。然而擁有極高地位的太平洋島上那些神一般的少女，卻會被當成最好的禮物，以防止戰爭發生。

尪姨或祭司在福爾摩沙上，負責裁決以賽跑恢復各社的安寧，她們不是禮物，她們會降咒也能解咒，目的維護各社的平安。

彷彿什麼都沒有了。雲豹村裡的祭司正在幫小孩收驚，雲豹待在一旁觀看，覺得還是很神奇。祭司說該名小孩被一隻大白狗嚇到，所以才不吃不喝，那是名還不會說話的幼童，原本兩眼無神發呆，收驚後，那孩子突然開始一點一點吸吮牛奶，還會笑，也會對外界的聲音有反應。彷彿大白狗殘留在幼兒的陰影，瞬間就離奇消失了。那位祭司不苟言笑，繼續為更多嬰兒收驚。

雲豹從小就喜歡研究自然科學，他覺得或許是大白狗的能量殘留在幼兒的身上，感覺像是生物皮屑掉在其他生物而產生的過敏，祭司把那過敏源揮掉了，那幼兒就不會再害怕大白狗。其他的孩子也如是，不再畏懼家裡的鍋碗瓢盆鏘鏘的聲音、電鑽的聲音、鄰居拖鞋喀喀聲、鞭炮聲或是其他分貝較大的聲響。

祭司說話的聲音總是喃喃，到最後才大聲，模樣似乎是在終止咒語。那些細柔的聲音像是水一般，慢慢洗滌那些嬰兒還是幼童，也滲入他們的肌膚，然後直達內心，去終止被驚嚇那一刻的可怕感覺。

祭司抹去的，很可能是細胞受到驚嚇的記憶。祭司還原的，也可能是某種屬於個人停留的時空。被驚嚇的那一時間點，留下被器官裡的神經細胞放大驚嚇的場景，那是人體細胞所創造出來的時空，有速度，有方向，所產生的場域去凝滯那些細胞的代謝，致使細胞產生被凍結在原地的錯覺。那些幼童身上茫茫然的感覺，來自比例上那細胞被恐懼感所控制的程度。好一點的情況，那些孩子還會哭泣；壞一點的狀況，那些孩子彷彿停止了生命表徵，除了反射動作，例如呼吸，其他的動作都因為細胞的靜止而無法被喚醒。

祭司的話像藥水，咕嚕嚕被孩童喝下，細胞被治癒，孩子哭了幾聲，就恢復正常。那些像藥水的話都來自於古老的力量，是語言啟動了細胞的記憶。連同一些草，有些符紙和香的氣味，各式各樣的法器可以讓感官恢復知覺，有時候摸摸那些孩童的頭，叫叫他們的名字，如同被點穴的楞呆情況，或許就能夠被解除。

雲豹也希望有人摸摸他的頭，安慰他時常感冒發燒和受傷的童年，他父親只會大聲斥責他，直到他都被他父親罵傻了，他父親才到門邊，大力拍打大門然後大聲叫起雲豹的名字，然後不斷說著，要雲豹回家的那種話。

雲豹也就不呆了，也不感到委屈，他只是看著他父親茫然又去打零工，去果園工作，也到其他地方幫忙農作或是建築。他待在山上望向山下，都覺得那些雲是海，房子和道路都是從雲海裡長出，他父親持續往下走，到雲海的深處去工作。等工作結束，他父親會回家，彷彿那山林裡真有什麼東西吸引著他父親。他父親帶著一身疲累回家，洗了個熱水澡後，又到森林的盡頭去砍柴。

那是什麼樣的地方？雲豹直跟著父親後頭走，那裡是森林的盡頭，又像是往海的方向前進。彷彿是山上的黑夜，山下仍然是炎熱的白天，亮閃閃一片，很久才會把夕陽的金黃蔓延到海邊。感覺海上的島嶼也不遠，只要像隻鳥裝上翅膀，由夜到日的世界或許只需要幾秒鐘，啪答啪答，海水的氣味湧上，浪濤的聲音出現，嘩，嘩，嘩……持續規律在山腳下，遠遠所見那灰白色，是更在海中央的白浪，似乎隨時隨地都要再度沖上陸地。

有沒有偶然發現過山上的貝殼化石，就在砂岩和頁岩之間。或許可能因為旅遊的某個遊客吐了，而必須將車臨停在公路邊。下車照看嘔吐者扶著山壁那瞬間，赫然發現山壁裡不只有石頭，還有貝殼的化石，更多是碳酸鈣化後的樹葉，根本還來不及成為化石。

不禁自問：那些樹葉是何時落下，又是何時離開土層的石化過程。

據說整座山都是海底化石，有螃蟹、海膽、鯊魚牙齒、樹葉、籐壺、珊瑚、牡蠣、有孔蟲、苔蘚蟲、魚和鯨魚等化石。雲豹伸手忍不住去觸碰，錐螺和文蛤都似才剛被放入土中，猶如烤肉丟下的貝殼……路邊的遊客拼命吐，雲豹看著山壁的想像越來越多。在河邊沙洲捕獲大量貝類後，才走上山烤肉，所花費的時間多久，可能的目的，當真會如此，停留的時間……大型魚類又是花多久歲月，才能從出海口的淺海地域擱淺後，還努力移動，去鑽去爬去攀才可能上到高山。

雲豹迷路了，他矗立在黑暗的地方，那裡沒有牆，沒有界線，只有無止盡柔軟的黑，身旁像是有寶石魷魚游過。又出現一隻玻璃烏賊，然後有一隻巨大的管水母也在游，從四面八方而來。前後上下左右都可能會有敵人出現，那些沒有眼睛般的生物，有觸鬚的巨大古怪動物，長手長腳般的章魚和魷魚，都像是森林裡的古老針葉林、蕨類和人工栽種的杉樹被風吹得樹葉搖啊搖的。

雲豹從小就害怕森林裡的黑夜，那些樹彷彿都有臉，有眼，有鼻子，有誇張的嘴巴，有隨時會抓人的樹枝，像是可以移動的騰空樹根。

他不禁吸了一口氣，慢慢往岸邊的方向移動，那裡是森林和聚落的界線，是古代海洋堆積層和陸地河流沖積層的交界，他邊走或者邊游，他想像那些黑葉老樹如同深海生物般，實際很可能是脆弱軟爛的深海生物如同森林裡的大樹般，雲豹到底是站在陸地還是海洋，只要一碰上界線、牆和岸邊的礁石，哪一邊才是海。風會把無法立足的大樹吹倒，就像是海流把深海生物撕裂，透過岸邊的礁岩。雲豹一直跑，樹根像是在掙扎，一邊追一邊退，一邊前進一邊躲，那些水泥、柏油、磚塊和不適合樹木生長的土壤都在拉扯大樹的樹根，壓縮大樹的生長範圍，如同原本生長在自由的深海地域生物，一旦被帶入淺海地區，那些海岸地形會壓縮牠們的行動，進而把牠們像大樹一般斷手斷腳，最後傾倒在高山上，是幾萬前年的深海。

那些只能把自己固定在水中的深海中層生物，最後都消失在原本居住的海，後來成為山林，沒有留下任何痕跡，不可能成為化石。如同那滾落山下的樹木，離開原本居住的地方，成為某一塊土地的木化石和深海的造礁基底，或是永永遠遠從這個世界消失。

雲豹是掉入了過去的貯木水池，他從海還是山的夢境裡甦醒，開始大力喘氣，然後拼命找尋自己應該前往何處，他父親又進入了什麼樣的地域。等到回過神後，他發現自己緊緊抓著岸上的樹木，彷彿他還會再次滾落，進入山谷或是海的深谷，那裡有巨大的洞穴，有很奇怪的石頭，上面的印跡彷彿是石頭曾經是泥土，有什麼在那些泥土踏來踏去，然後泥土卻突然變成石頭。沒有那些生物或是車輪返回的痕跡，很可能是地形突然發生變化……那些泥土或許是慢慢石化，也可能是一瞬間，石化後的生物足跡，為何就那麼直深入海的盡頭。

雲豹活在一個有橄欖石玄武岩的地方，那些石頭在岩石的深處，是地質經過高壓高溫後的火成變質岩，就像深海熱泉區有巨大石煙囪，那些石煙囪只要離開海洋就會被風化，高大的煙囪慢慢消失，只會留下溫泉，留下地質現象，留下跟火山的緊密關係，留下海底火山融岩的通道，那些被夷平的石煙囪最後都可能會形成雲豹所看見的風景，平坦或者凹陷，有河流經過，然後冒著溫泉泡泡的地形。

太平洋島民神話中，有英雄把島嶼從海中釣起，還用繩子綁住太陽，讓太陽不再消失。雲豹的鄰居仍在跳舞，慶祝古老的神話。天鈿女命或許也還在跳舞，試圖讓天照大神從天岩戶回到天空。太平洋在過去應該經歷劇烈的改變，那些改變讓太平洋島民曾經在海上生活，然後總有一天回返到英雄所釣起的島嶼，那時候以為消失的太陽又出現，太平洋島民的英雄因此把太陽用繩子固定在天空。

雲豹的祖先也是在海上漂流，莫名其妙跟著神的指示，終於靠岸上島。

那時候天空的星星也跟太陽一樣躲藏在人類看不見的地方，鳥類或許尚未往天空攀爬。又或者，那時的鳥類只是暫時離開了被海洋覆蓋的區域，棲息到別個有陸地的世界，直到原居住地的島嶼再度出現，鳥類才跟著人類，回到海中的島嶼，如同老鼠、狗、豬和雞被帶上太平洋的各島。

駛離安全的港灣，雲豹的父親再也沒有回家。雲豹的父親可能喝醉，失足在山谷。雲豹的父親也可能是跟著某些人下山，然後一路走到海邊，最後搭漁船出海，在風浪很大的某天夜裡，終於與陸地失去聯絡。雲豹的父親那般就像一般人的父親可能在上工的時候，突然一病不起。雲豹的父親或是雲豹，都有可能在睜開眼的每一天，遇到不確定的危機，而影響到他們接下去的每一天生活。

雲豹還是在山上賣水果，然後想著祖先離開的海。海聽說是危險的，山林也是危險的，雲豹一不小心隨時都可能失足，下過雨後的山壁也許會崩塌，無法支撐人類破壞的自然生態可能會一口吞掉人類和人類的聚落，就像是兇猛的海嘯，還有人為不斷在海底試射的飛彈，以及潛水艇在海底爭鬥，海水嘩的一聲，隨時猶如海底火山爆發。

海依然在那些地方，魚還是在海裡游來游去。雲豹在山林裡賣水果，他喜歡種植，但不太知道如何行銷，他去上課也會去算命。他不知道自己的未來在哪裡，可是一看見那算命師家裡的神明，他就莫名哭泣，哭到幾乎不知道自己問了什麼，對方又回答什麼。他付了錢離開，走了幾條巷子，才記得自己應該要買的菜苗、果樹和生活用品，他忘記自己剛剛哭過，他摸著臉頰淚痕的時候都以為是在下雨，他莫名就會哼起他鄰居唱的那些歌曲，他仍然沒有一首聽的懂，但是他很喜歡那些音樂，就像他很少到海邊卻驀地被海所吸引，彷彿人類真來自海洋。

雲豹望著那像是凍結時空的海洋和山林，他還是畏懼著自己的以後，以後……他有時候會不明瞭自己，為什麼要擔心往後的事。當他提著大袋黑色塑膠袋，騎著他那老舊二行程機車，滿山追垃圾車的時候，他覺得自己不過就是自己，雲豹、山林和海洋瞬間都成為魍魎，而身在魍魎間的他，彷彿就是山下和山腰人所說的魔神仔，他不知道垃圾車已經開往何處去了，他的心越來越慌。

又一尾魚

他走過冥古元的地球時，陸地正在形成中，那些大街小巷的櫥窗裡，漸漸擺出古老的地殼結晶。那些街道位於現今的澳洲，生命的基礎在太古元才開始產生，那是三十五億年前的世界。依據地磁學證實，地球最古老的超大陸，哥倫比亞大陸就是由勞倫大陸、波羅地大陸、烏克蘭地盾、亞馬遜克拉通、澳洲大陸，也可能還有西伯利亞大陸、華北陸塊和喀拉哈里克拉通所組成。喀拉通是結晶的基底，是古陸核，就像陸地街道櫥窗上的結晶，那些基岩的地殼在很深的位置，是陸地的基礎，隨著板塊聚合轉變，那樣的喀拉通地殼可能都深入在兩百公里以下的位置。

哥倫比亞超大陸安定著三十億年前到十八億年前地球的模樣，十六億年前開始分裂，沿著勞倫大陸西側、印度東部、波羅地大陸南端、西伯利亞東南、南非東北和華北北緣。新的羅迪尼亞大陸是在十一點五億年前形成，在七億年前分裂，那裡是沒有臭氧層的地球，海底擴張才剛要出發。潘諾西亞大陸後來分裂成勞亞大陸和岡瓦那大陸，勞亞大陸幾乎囊括北半球所有陸地。原岡瓦那大陸則包含印度、澳洲、南極、喀拉哈里克拉通和南美洲許多的克拉通。潘諾西亞大陸分裂後，新的岡瓦那大陸分開了南極與澳洲，又重新聚合成後來的岡瓦那大陸。那樣的岡瓦那大陸彷彿是被施咒，在封印和解除的過程，漸漸和勞倫西亞大陸變成了三億多年前的盤古大陸。勞亞大陸則花了三億年的時間，在白堊紀分裂出北美洲和歐亞大陸，其中勞倫西亞大陸是構成北美洲主要的陸地，波羅地大陸則成為歐亞大陸的一部分。地熱是唸咒的巫師，夾帶雪球地球時的冰寒，讓火成岩和地球原始花崗岩慢慢聚攏又分開，像是在塑造一具巨大的史前法器，法器的功用是為了在日後製造生命，或是去控制生命的興起和沒落。

最古老的魚類被發現可能源於五億多年前，魚離開深海往淺灘游動的時候，意外發展出肺部的構造，兩棲動物和四足類的陸地動物就此分道揚鑣，那些陸地的四族類也是發展成哺乳類動物的祖先，生命緣於海洋，是海盛住了氧氣，是海讓地球有大氣層的保護，生命因此蓬勃在地球上。

他闔住他剛才看的書籍，一抬頭，發現酒吧裡到處是四面八方來的客人。有些是在一百五十萬年離開非洲的直立人，那些異於其他動物的腦不知道在盤算些什麼。冰河時期讓他們的祖先被困在廣闊卻是荒地的陸地上。有些人認為，人也是由魚所演化，或許那些直立人想要回到海洋，在冰河時期年代唯一的海洋是太平洋，直立人因此往外遷徙。海德堡人也在酒吧裡，談論祖先在五十萬年前到達歐洲。那些直立人還去了許多地方，後來是否有回到非洲？智人出現在歐洲後，花了許多時間才衝破非洲的枷鎖，好不容易在十萬年前跨越紅海，沿著阿拉伯半島的海岸線走，那時候的海水還在很低的位置，陸地像是高聳在水面上的大山和高原。又過了兩萬年智人才走到印度，然後往印尼的方向前進。酒吧裡有許多女巫、美麗的少女、醉漢和思索著一萬年究竟能做多少事情的他，他已經有四十六億歲的年紀，他在兩億九千萬年前創作的裸子植物，那些植物後來都成為紀錄他生平的最好證據。七萬五千年前往南到澳洲的智人，還在跟往華北北轉的智人吵架，他們為了一名尼安德塔女子在爭風吃醋，那名尼安德塔女子完全不知道發生什麼事情，她看起來很焦慮，一心只想快點離開酒吧。

他也累了，看了幾萬個夜晚的爭吵，他好久沒感到寧靜的夜晚……他依稀記得，在不久之前，明明只有海裡聒噪傳出聲音，那時的地面上始終一片安靜。他於是轉身離開酒吧，卻看見一名丹尼索瓦女子拽住尼安德塔女子的手，往門口走。有許多人對著丹尼索瓦女子吹口哨，整間酒吧裡的類人類、智人和現代人全都開始鼓譟。他們的腦讓他們佈滿了許多情緒變化，也給了他們基因適應的鑰匙。那個丹尼索瓦女子從西伯利亞往南走，然後往高山前進，基因鑰匙轉開後，她一點都害怕空氣稀薄的區域，那個丹尼索瓦女子的同伴們就像是最古老的分化後的魚類（一支朝海洋走而一支繼續留在高山高原地帶），丹尼索瓦們就像是源於陸地的人類，和那些在沿海吵吵鬧鬧的人類不一樣。從海洋上岸的人類，吵著吵著就相約到海邊「釘孤支」（單挑對打），打著打著，也就不知道該怎麼辦，他們望著海，想離開又不敢離開。被丹尼索瓦人帶走的智人，他們也像是早就看遍了陸地形成時，那些街道的地殼結晶，他們知道陸地是什麼，他們一點都不害怕。每一次生物大滅絕之後，就會出現的黑色頁岩，岩石裡曾經有豐沛的生態，瞬間缺氧後，在河裡、湖底和海床上，沒有其他還活著的東西能夠啃食那些死去的生物，沉積物立刻覆蓋上，然後讓二氧化矽、碳酸鈣和硫化鐵去填補生物裡的有機物質，有些生物因此成為礦物化的岩石，有些回到地函中，成為地熱、溫泉和水蒸氣再度消失。他們知道陸地是由穩定地塊所組合，從四十四億年前開始結晶，因此沒什麼好畏懼的，這世界上多的是陸地。

那些打了一架，睡在海灘上，隔天繼續旅行的類人類、智人和現代人，他們身上沒有跟丹尼索瓦人相似的基因，也沒有跟尼安德塔人的基因相近，他們畏懼的時候，就像是瀕臨死亡威脅，總是睜大眼睛死盯著自己以外的其他人，表情齜牙咧嘴，嘴巴的部位突出頭部，頭也努力往前伸，連同撐大的脖子，看起來就像是深海魚類要捕獵其他魚隻般，四肢和軀幹呈現向後的狀態，感覺就像是一尾子彈魚在海中發狂，準備加速前進。

在海上，天氣總是陰鬱、潮濕又寒冷，麥克米蘭・布朗和詹姆斯・喬治華特他們在陸地上找尋世界最古老的書籍，那些遠古的抄本充滿占星術的知識，天有異象定會被紀錄。在四千年前的古書堆中，其中一本書叫《拉薩記錄》，說明一萬兩千年前姆大陸沉沒。姆大陸在麥克米蘭・布朗的《太平洋之謎》中，被以太平洋遠古文明的模樣被提出。詹姆斯・喬治華特從《消逝的大陸》中，發覺地球三大洋的史前文明。姆大陸在詹姆斯筆下，成為太平洋上的史前文明，信奉太陽神，居住各色人種，還是人類文明的搖籃。姆大陸似乎充滿高度文明，城市裡有四通八達的道路，港口貿易絡繹不絕，商旅往來頻繁，沒有高山只有平原綠草如茵，蓮花是姆大陸的國花，直到火山噴發，天崩地裂，海嘯湮沒了姆大陸，把姆大陸沉沒為一座又一座被太平洋隔絕的小島。名為「姆」的大陸，也出現在航海時代的神父筆記，《尤卡坦紀事》書寫瑪雅文獻《特洛阿諾抄本》，記載姆大陸因為火山而消失。姆大陸的故事被歐洲人不斷研究，想像和記載。姆大陸的居民也許會燒陶、編織、繪畫、雕刻、造船、航海與書寫。姆大陸究竟是在太平洋還是大西洋，是亞特蘭提斯的一部分，還是異於亞特蘭提斯的存在。世界上曾經有月亮比太陽還亮的傳說，月球約是在四十五億年前形成。亞特蘭提斯崇拜的是月亮，姆大陸崇拜的是太陽，月亮和太陽在地球上看到的模樣都是會發光的物質，因此在史前聚落中，常常都是以同一個字代表。

他闔上書籍，好不容易克服暈船和密閉空間恐懼症。他原本沒辦法想像身體被沉重的鋼鐵包圍，每日的生活就是在那些鋼鐵通道穿梭，在炙熱的溫差間爬上爬下，白日和黑夜也就過去了，他睡在狹窄的床鋪上，默默數著放假的日子。知道能夠在確切的時間回到陸地上，他也就心滿意足了。他為自己準備許多套服裝，在每個港口放置一套，那些港口邊的雜貨店都認得他，當他從某艘軍艦下船後，他會先到那些雜貨店換衣服，然後買瓶飲料，接著再打通電話，那些接電話的女生不會是同一個，那些女生都住在港口附近，只要他一掛上電話，那些女生會快速騎著腳踏車出現，他和那些女生各自散步在她們所居住的港口邊，吃一隻烤魷魚，有時候只是聊聊天。他散步海邊的時候，總會非常大力吸起從山林吹入港口邊的空氣，還會打赤腳走在水泥或柏油路面上，鞋子提在他的右手，他的左手則抱著那些可愛的女生們。她們都是他在港邊的理髮店認識的女孩，她們笑起來就像手上的剪刀喀喀喀，一邊還不忘注意別讓頭髮飄進他的眼睛，她們儘管對著他直傻笑著，卻還是不忘體貼謹慎小心翼翼同他說話，也同他好好享受整理門面的時光。

他就像許多出外工作的人一樣，他是出遠門當兵的青年，他離開家的時候，和他很親的表妹還不知道太平洋是什麼，他回家的時候，他表妹已經能夠記住地球五大洲、三大洋和某些國家的位置。然後他告訴他表妹，海成天都是隆隆的，因為船整天都隆隆響經過海。他還說海是四通八達的道路，能夠通往世界上許多地方，也能夠去海底各個角落，只要一不注意，海會讓人類迷路，然後要經過很多地方，還有許多人的幫助，那些迷航的船隻才能找到回家的路。他跟他小表妹說：有時候，那些船也不一定回得了家。

有一天，他消失了，就像迷路的船隻。他姊姊找了他好久，等到他稱為妹妹的那位小表妹再次看見他，他已經即將成為一位新郎。他的小表妹好奇望著那位從來沒見過的準表嫂，那個女生總是坐在他家的沙發扶手上，直依在他的身邊，笑起來的時候就像是剪刀喀喀喀，講話的時候都像是海風吹入肺部的氣聲，他的小表妹還來不及聽清楚那位準表嫂究竟在說什麼。他已經娶了那個理髮店的女生，只因為女生的肚子裡已經有一個娃娃。

他沒再去拿回那些寄放在港口邊雜貨店的衣服，也沒再到那些雜貨店去買飲料或打電話，他的妻子總是會在廁所幫他理頭髮，就像還在港口邊的理髮店那樣，他把眼睛一閉，久久都無法張開。直到他妻子笑得又像是剪刀喀嚓喀嚓，他確定自己有某些部分已經被澈底剪掉了，他不再是那個在船上無法入眠的士兵。他卻還是無法隨時起身走動，去穿越那暗紅色下的窄小通道，怎麼也繞不出船艦般的時空。

他因此老是作著過去的夢，縮在棉被裡哭泣，捱在船艙廚房角落裡哭泣，抱著某個女孩哭泣⋯⋯他的妻子叫醒他，他說很熱想出去走走。無法入眠的夜晚，一個人在街上走著，像是蹣跚的流浪狗和公園裡時睡時醒的街友。有兩名警察望著他經過。他矗立斑馬線時，看見幾輛在夜間趕著上班的摩托車，也有下班的人潮稀稀疏疏在夜晚裡的黑暗，那裡就像海，潮濕悶熱一波波海浪緩緩從人車間流動，是微風在吹，是溫度在推送海流，啪啪，他好似夢遊般，走進一家便利商店，買了罐飲料坐在店內，看黑夜猶如海在跟他招手，又像是在跟他揮手，一邊安撫一邊勸告⋯⋯他記得他自己原本十分畏懼的，彷彿當時的雜貨店是木麻黃，他只要緊抓著木麻黃就不會被海風吹走，不會讓海水捲走。他結婚前，也躲在山上的某間雜貨店，他大姊找到了他。他覺得無論是他大姊還是他的妻子，她們說話的聲音都像是風聲般的氣音，在鑽在扒，在淘洗著他什麼東西，他就不是他自己了。

他又夢遊回他的家，他以前也會在船艦上夢遊，他後來更常在他家的客廳夢遊，彷彿他還在軍艦上，他明明很討厭船艦，卻不知道為什麼想回去。

他有天醒來，就決定叫自己是哥吉拉。哥吉拉眼睛直盯著新聞報導中的「哥吉拉」，那些「哥吉拉」是鯨魚。天邊四顆星的鯨魚座長得就像是電影中的「哥吉拉」，反而不像是深海中的鯨魚。電影中的「哥吉拉」擁有猩猩和鯨魚的名字，就像是哥吉拉，他是人，是哺乳類動物，他喜歡鯨魚，他愛哥吉拉這個名字，他看著遙遠南半球的「哥吉拉」約有四百隻躺在海岸邊，沒有人知道那些「哥吉拉」怎麼了，在海邊的「哥吉拉」有一些已經死亡，大約還有一百多隻的「哥吉拉」仍然活著，那些「哥吉拉」不知道為什麼不回到深海，那些已經氣絕多時的「哥吉拉」則必須仰賴人工戳洞，以避免離開深海冰冷溫度的軀體，會因為陸地炎熱而引發過多氣體在鯨魚腔內爆炸。陸地上的人類不知道那些「哥吉拉」怎麼了，他們只能努力讓還活著的「哥吉拉」離開，但那些「哥吉拉」卻持續讓自己擱淺。哥吉拉還是看著遙遠南半球的那四百隻「哥吉拉」，哥吉拉明白沒有人可以解釋鯨魚為什麼會擱淺，又為什麼同時會有約四百隻的領航鯨同時擱淺在同一座海灘上。那些鯨魚沒有在看路？那些鯨魚絕對服從領路的鯨魚？那些鯨魚其實是因為某種原因而聚集？有人說海底越來越吵，飛彈飛來飛去，潛水艇上上下下，還有許多海底基地、漁船和拖底網，各式各樣的實驗、建築和越來越古怪的氣候，都有可能是讓那些鯨魚自殺的原因？

哥吉拉捧著零食還是在看鯨魚擱淺的報導，他還邊聽著，他喜歡聽的鯨豚歌聲CD，坐在貼滿鯨豚海報的房間，回憶某一天在福爾摩沙南部的沙灘上，看見一隻擱淺的抹香鯨。那樣悲傷死去的抹香鯨曾經也跟哥吉拉一樣，生活在陸地上，因為太喜歡海裡的食物，中爪獸從哺乳類動物演化成完全能適應水中生活的模樣，有一天中爪獸終於離開陸地，變成再也無法回歸陸地生活的鯨豚。鯨類有鯨魚、海豚和鼠海豚的分類，牠們是在海中生活的哺乳類，丟掉了哺乳類的長相，鯨類變得跟魚的外表相似，牠們還有肺，牠們需要浮出水面換氣。哥吉拉看看自己，據說人類是魚變成的，他不明白泳技一點都不高超的自己，有哪一點跟魚很像。除了兩隻手臂像是旗魚的雙鰭，自己的手掌和手指似乎也可能曾經長得像魚鰭。他身上常常起雞皮疙瘩，有時候看起來就像是鬼頭刀魚細小的鱗片。他剛游泳的時候，曾幻想過自己如果有鰓的話，就不用換氣換得那麼辛苦。哥吉拉在游蝶式的時候，跳出水面，拼命換氣，當他落回泳池，水裡一陣又一陣的咕嚕咕嚕聲，漸漸都變成遙遠的回聲一點點，像是遠方鯨魚所發出的聲音，類似水管裡有空氣在吹動。咕嚕嚕，然後呼嚕嚕，呼的聲音拉長，然後間斷在水光搖曳在他頭頂上的劇烈晃動，呼的水中風聲接著持續傳導，彷彿泳池裡真有鯨魚，在其他的泳池裡，透過水管，一陣陣遙遠的呼呼聲。他曾經聽得著迷，聽得入神，聽到都忘記自己是人類，忘了換氣的他，還以為自己能夠自由在水中呼吸，他嗆得差點溺水，他有好一陣子都不敢在靠近水邊，他甚至連聽到類似水裡的呼呼聲都會顫抖，他還懷疑自己的肺部積水。可沒多久，他又回到泳池裡，繼續聽他覺得神奇的呼呼聲，那裡幾乎安靜，除了水、氣泡和他自己，就只是一、兩個愛好晨泳的人，他於是幾乎擁有整個泳池，他在那裡翻滾，潛到池底，往東游又朝西游去，都彷彿世界只有他自己，如同他的租屋處，他看他的鯨魚新聞，聽鯨豚的歌聲，回想起，曾經有一隻抹香鯨擱淺在海灘上。鯨魚擱淺的原因或許跟他又回到泳池裡去的原因，可能相同也或許從無關聯。那是一隻想回家的抹香鯨嗎？他也想回家。

他老家的市場裡永遠有許多漁獲，他不用像他朋友只吃過很腥臭軟爛的魟魚和臭掉的鯊魚。他知道新鮮的狗母鯊很好吃，狗母鯊卻很容易壞掉，只好作成魚鬆運到產地以外的縣市。他記得很多魚的名稱，都是從市場知道的，紅甘、赤鯮和大目鰱，後來魚變得越來越少，他常常只買到秋刀魚、鯖魚和冷凍的鮭魚，他喜歡吃的魚漸漸消失，他不喜歡吃的魚漸漸取代那些魚，他看過鬼頭刀，跟著飛魚進了漁船，現在的人也開始吃鬼頭刀，那黃綠色則襯著銀色身體就像是淺海的一幅畫，有水草，有魚，有石頭和海浪。

他一直很喜歡吃從海裡撈起的魚，他喜歡的是海味，從來不是魚肉有多甜，肉質厚中帶脆。魚體很滑，海水也很滑。魚刺很尖，冰冷強勁的海流也很尖銳。海魚的皮鹹鹹的，海水鹹鹹的。他跟走船的人一樣，喜歡新鮮的魚不是煎就是煮，當然也有些魚適合煎或烤。他還是愛那些簡單料理下的魚肉，彷彿那些魚還在海中游，他是否曾經是大型魚類，能夠一口咬住他想吃的獵物。

雙柱噴氣的大翅鯨、單柱噴氣的抹香鯨、背鰭高大的虎鯨、背鰭小的喙鯨類、有吻的弗氏海豚、有長吻且圓胖的瓶鼻海豚、有長吻卻苗條的真海豚、花花白白的瑞氏海豚、黑色的小虎鯨和短肢領航鯨、灰色的小抹香鯨和侏儒抹香鯨……牠們為什麼擱淺，為什麼往陸地的方向游，沿著海岸線，牠們注定會被海水沖上陸地。像人類遷徙的模樣，從非洲往海的盡頭前進。

哥吉拉還在看他的鯨魚新聞，聽他的鯨豚音樂，想他自己和一隻死去鯨魚的初次見面，他覺得自己有某部分似乎也跟著那鯨魚消逝，然後他自己都不是自己了，就像電影中的哥吉拉，他一半是猩猩，一半是鯨魚。

他是人類，很久以前來自海洋，後來生活在陸地上。從人猿到哥吉拉，他彷彿心滿意足，看他聽他想他的鯨豚，彷彿他已經回家。

第六部

他的肺部因為水壓而疼痛過，他害怕自己會把氣閥的開關弄錯，他總是想著水和空氣是如何進入他的血液，流到他全身每個器官和每個細胞。他知道他同學祖母所說的眼睛是屋子，眼珠則是人，沒有人就沒有家的意義。他在宿舍過得很不開心，他的室友們都在打工，他也在打工，從海邊工作完回學校的時候，抬頭看著沒有點燈的宿舍，他和室友們才正要一個一個歸位般，返往那黑暗之中。

水

地球是一顆據說百分之七十都是水的星球，那裡住著身體有百分之七十都是水的人類，人類住在百分之三十的陸地上，卻認為已經很瞭解地球，就像瞭解人類是一種什麼樣的生物。

我生長在什麼都已經不可能的二十一世紀，那裡沒有幻想的島嶼，沒有地球人還不知道的生物，深海裡的各種奇異生命，只會在地震的時候浮出海面，像是太空裡的垃圾飄入地球般。那些生命被展示，被標本，被照張相後處理掉，彷彿那是已經知曉的物體，是很常見的生命，是儘管有龐大幾百公分身軀，仍舊會當成跟已知生命一樣的物質。據說這地球上的一切，都是從魚類發展而出，因為鼻腔改變，有領魚的出現，從此讓生命有了海生和陸生的可能性。海洋像是宇宙大爆炸那時的遠古。宇宙是否真的爆炸過？會不會是一種粒子自身的化學物理反應，而我們都是那宇宙粒子裡的一部分。這樣的說法沒有使用科學方法去探究，沒有科學原理原則的規範，沒有權威機構所服膺的程序，純粹是胡思亂想的片羽吉光，下一秒就可能遺忘。那樣的思想，也可能是一種深思熟慮後，卻僅流於思索的淺層面，更深的地域，仍無法鑽探。那樣的想像，也或者是午夜夢迴與白日夢放空後的發呆，所想的某種只剩下幾格，其他都被剪碎的畫面。愛因斯坦小時候坐在列車裡，看見彷彿停止的時間。我小時候坐在列車裡，聽母親說，這世界已經被無數的發明佔據了。然而，那些在我出生那年發明的平板電腦，卻要到二十一世紀才有純熟的社會、需求和技術去量產。相對論的提出，也曾被質疑過是一種想像。想像是否能解決問題？

我生長的世界只有鬼的存在，讓人質疑又讓人相信，然後還是找不到證據。不像尼斯湖水怪可能死去，鬼會一直在某些地方徘徊，然後突然被看見，又消失好一陣子，轉眼，鬼幽幽又出現。鬼彷彿不會死去，所以能持續討論某間屋子裡曾經逝去的生命，某個港口邊的鬼魂，某條路上也有，某座橋下還有，可能越聚越多，也或許越來越少，但鬼是一種能量，基於質能不滅，鬼只能變成神，鬼必須被超渡，鬼需要被送走，要不然鬼就會在那裡。

學校裡是許多鬼故事的場景，孩子們相信有鬼，有棺材，有海盜的寶藏。儘管不知道離海那麼遠的學校，為什麼會有海盜。然後相信樹下都有冤魂，每一塊土地都可能曾經「不乾淨」，懷疑古井裡是否有東西，對古老的物品感到害怕，彷彿是現代人奪走過去人的一切，那些過去人的鬼魂因此還留在原地，彷彿要進行報復般。

因為是那麼小的一塊土地，一定有很多人住過。

小時候，我莫名就跟同學們玩了筆仙，高年級的學生也在天臺請碟仙，究竟是「請」還是「玩」，用一張白紙寫了許多電影明星的名字、日期、生活用品的單字、某些同學們的姓名……把想得到的，全都寫進去，幾個人握著一枝鉛筆，筆就開始動了，然後依據問題回答光怪陸離的答案，什麼問題都有人問，唯有一個問題不能問，那就是「你的名字」。絕對不能問鬼這個問題，還要記得把鬼請回測驗紙背後空白處的一個方框，那是筆仙出現的地方，也是筆仙該回去的地方。

記得有人先放了手，因為害怕，所有人當場都收手，筆就那樣倒在窗臺上，在測驗紙旁，有人說：筆仙沒有回去。

那個星期，所有參與筆仙遊戲的同學們輪流感冒發燒，幾天後，也輪到我腸胃炎發燒。在診所吊了兩次點滴，燒還是不退，我母親只好拿我的衣服去收驚，她要我一個人躺在診所的點滴診間裡，乖乖休息。我就躺在一張黑色塑膠皮的床上，望著看也看不清楚的點滴瓶和吊點滴的架子，隔壁還有一名老人家也在吊點滴。老人家看起來精神比我好很多。他一邊吊點滴，一邊用閩南語叫我。我的腦子直發脹，昏昏沉沉不知道他在說什麼，只知道等我母親回到診所，他非常生氣對我母親說：為什麼把孩子教得不會說母語，為什麼不跟孩子說母語，為什麼你的孩子聽不懂母語……那個人一直抱怨，直到點滴吊完離開。

我母親沒有搭理那個老人家，她從包包拿出收完驚的衣服蓋在我身上，我嘴裡還問著我母親說：我的母語是什麼？然後含含糊糊的聲音下，我又昏沉沉睡去，半個小時後，高燒退掉，我跟著我母親走回家，就像什麼事都沒有發生過那樣。

筆仙的事情平安落幕，沒有人知道是不是筆仙讓我們那群孩子生病，又是不是因為收驚，所以我只請了一天假，立馬就又活蹦亂跳去上學。請筆仙遊戲之後，一群人輪流生病下，就屬某位外省同學病得最久，她在大醫院住了兩個星期。我後來又去收一次驚，讓一個老婆婆拿著我的衣服包著一碗米，在我面前和背後畫來畫去。老婆婆用閩南語跟我母親說：我是被嚇到的。我母親責怪我去學校跟同學們胡鬧，還說小心會被鬼抓走之類等等的話。那些話都是閩南語，我會說閩南語，卻是南部腔。

我會說許多單字，那些單字原本我母親都聽不懂，她剛嫁去南部時，不知道外面是「巧面」，不知道許多外來字變成的閩南語，還有應該是南島語族的單字被當成閩南語。我父親不在中部說閩南語，他因此變得寡言少語，最後連回南部的時候，他都忘記自己的母語，他把香腸的「煙潛」音說成「煙腸」的音，我表姊轉頭就把延長線遞給我父親，還問他要延長線做什麼。

我小時候最會說廣東話，只因為鄰居是廣東人，我天天在鄰居家裡玩，廣東話自然說得好。我後來漸漸忘記廣東話，就連親戚們的日本名字也慢慢忘記，逐漸什麼語言也說得不好，只知道那個東西就是那個東西，例如海就是海，我變得越來越不愛開口。老是想著每樣物質原本的名字，不是生物學家的分類，也不是人類安上的名字，跟語言沒有關係，就像是我在海生館聽到的鯨豚聲音。

那些聲音只是牠們自己的歌聲，並不是共同的語言，僅僅是鯨豚的意識。我曾看過某處有一名工作人員在訓斥一隻鯨魚，鯨魚頓時發出像是在哭的聲音。該名工作人員叫鯨魚不准哭，要不然沒有魚可以吃。鯨魚努力搖動身軀，還是用哭聲在表達也許是想離開的心情。我記得自己轉頭跟我母親說：鯨魚不應該在這裡表演。我母親那時反問我說：那麼海豚就應該在這裡表演嗎？我愣住了，海豚和海豹的確都不應該出現在人造樂園裡，還在我眼前表演。但是牠們似乎一直都很願意配合工作人員演出般，也很享受不用捕獵就能吃到的魚，牠們看起來好像很開心，因此表演得更加賣力。被隔離的鯨魚卻還在一旁哭泣，有一隻海豚瞅了那隻鯨魚一眼後，輕輕發出細微的聲音，不知道在跟鯨魚說什麼，或是那隻海豚單純在告訴自己些什麼。只見那海豚笑瞇瞇入水，轉圈，觀眾拼命拍手，海豚拼命把水打出表演泳池，許多大人和小孩見狀，都笑得更加開心。

很小的時候，我用自己想的音符和自己說話。

當祖父身上的痰味變得越來越重，重得就像是祖父房外紅磚甬道長年累積的霉味，太陽無從射入原本緊鄰外面小巷子的甬道，小巷子不見了，鄰居蓋起的房子遮住了巷子，也阻擋了太陽進入祖父房外的甬道。我記得那些原本在巷子旁的柑橘香味淡淡。橘子樹原是有錢人家才能種植的果樹，橘子也曾是奢侈的水果，後來橘子樹被挖土機推倒了，就像是路邊那些說換就換的行道樹，沒有人可惜那橘子樹。倒還是有人懷念路邊的樣仔樹，想念拿竹竿去敲土芒果的童年。那路邊還有許多樹木，其中一棵被砍的時候，流出了許多透明金黃色的樹汁，那些樹汁在一天後，成為鐘乳石般的透白，樹的汁液還在流，那些乳白色慢慢成為膚色、粉色如玉般的質地。有人想買那枯樹幹，主人家不賣，他們說那樹肯定是什麼好東西。樹汁越流越多，漸漸佈滿整棵樹幹，那枯樹幹也就通透成白玉帶血色的寶石般，也像是被拋光的紅珊瑚。主人家也就越捨不得賣。那是樹的救命汁液，是用來封住傷口的，樹好像不知道自己已經死去。我看著看著，便覺得那汁液早就變成血（跟人一樣的血液可以保護傷口），那血流得很慢，也不容易乾，越堆積越像是石柱和石筍。

祖父沒撐過那年冬天，他靜靜躺在床上，就像一團濃痰，被他自己所吐了出去，祖父的身體軟下了，到了晚上也就成為枯木般僵硬。大姑姑說：我祖父自由了。我也覺得我祖父應該變得很輕鬆，長年的肺病折磨著他，他老是睡不好，總覺得呼吸不到空氣，他憤恨過，然後變得易怒，有過一陣子會動手打我祖母。後來，他放棄了，他一邊哮喘一邊跟人聊天，久了也就習慣被阻塞的肺部，人也變得和藹許多，還會主動關心別人。

祖父離開的冬天，天空經常都是一絲一絲的線，看起來就像是抽絲剝繭的養蠶工人在白日晴空下，開始抽起的是我祖父的疼痛，抽的是我們一群孩子在祖父房內兜兜轉轉的時光，抽的也是我那些大我十幾歲的堂表姊們在幫我祖父搢咳痰用的衛生紙，抽的是我大姑姑如雨霎霎滴落般的眼淚，我大姑姑喚我祖父為阿叔。我祖母生完我大姑姑後，又生了許多弟弟妹妹。我大姑姑還是只能喚我祖父為阿叔，她是我祖父最疼愛的孩子。我祖父冷冰冰躺在自己的床上時，我都看見我大姑姑用一雙雞爪般的雙手，不時拂掉晶瑩剔透的水珠。那是一雙佈滿老人斑的手，只有瘦瘦的肉貼在骨架上，皮膚也是薄薄一層粉色透著咖啡色如樹汁半透明在肉骨上。

大姑姑後來生病的時候，皮膚越來越像是那漸漸凝結的樹汁，琥珀色的光澤透在樹幹上，薄薄的皮膚就那麼透在灰灰的骨頭上。

小巷子消失，流滿樹汁的枯樹幹倒塌一年後，樹皮完全掀起，成為灰灰白白帶著咖啡色和褐色的普通樹幹，那些樹汁慢慢枯竭，原本通透的色澤也變得越來越濁，漸漸又恢復成跟樹幹一樣的深棕色，一個颱風打過，失去任何保護力的枯樹瞬間在熱脹冷縮後皮開肉顫。被風颳得捲翹的樹皮，最後變成像是一條一條的布綁在樹幹上，那主人家覺得那樹幹越發不怎麼好看，也就隨意棄置在家門口水溝邊，成為堆置雜物的一張桌子，上面擺滿盆栽，還有許多不知何處飄落的野草野花，就從那樹幹緩緩長出。

我記憶裡的祖父究竟是什麼模樣，我在靈堂前用自己的音符陪自己說話，那時候大人們忙來忙去，他們一邊哭泣一邊處理很複雜的法律相關問題，然後有人送來花圈，有人登記，他們全都在哭泣。我也在哭泣，一邊哭一邊說著只有自己聽得懂的話。像是祖父說話的聲音，祖父說過什麼，祖父愛吃什麼，祖父他跟我說什麼，祖父他是一個什麼樣的老人家……祖父離開一年後，我不知道我記憶中的祖父，還是不是原本的祖父。

我在那時候養成以自已的語言跟自己說話，每當有親人過世，每當有不幸的事情發生，我都是那樣安慰自己的。直到我大姑姑過世，我再也無法自己對自己說話，我必須找人說話。曾經有一個女孩在雺霧中哭泣。我看見霧漸漸散開，小女孩在無止盡的黑暗中，開始往亮光前進，那女孩越走身子越變越大。我記得我大姑姑手上老人斑的位置，我記得她微笑時眼睛瞇瞇的模樣，我清楚嗅到她身上有許多果香味，她很會煮桑甚果汁，她會在清明節前醃脆梅，又會在清明節後醃軟梅，她在夏末剝蓮子挑蓮心。恍惚中，我又回到她過世的那個夏天，她彷彿還在問我說：我一個人不睡覺，到底在唸些什麼。我已經什麼都無法說，只能用別人聽得懂的語言，跟別人說：她就像是我的祖母，她有美麗的黃白色皮膚就像是玉鐲，她有一頭捲捲的短髮就像是天空的雲朵……我記憶中的事情是事實嗎？那棵原本美麗如天然玉石的枯樹幹，真的就是鄰居家門口前堆滿許多枯萎盆栽的灰白色木頭嗎？那是木頭，再也不是樹木。

我想說的，是否真的就是我想說的。

有一種職業，必須要說靈魂鬼神才能聽懂的語言。那些人多半白天在賣素食麵，或者到素食餐廳幫忙，他們真正的職業或許是收驚，會說靈界天界的語言則或許是種宿命，是命運，也是人生，那些人工作之外，還有另一種身分，他們是神明代理人，他們為神明服務，主要都是在尋求自己的人生解答。

部落裡正在失去巫，廟方也幾十年找不到能夠勝任神明乩身的人。宮廟有的是乩童，還有能夠幫人解決問題的神明代理人。在二十一世紀還有鬼以外的另一種世界，是科學無法駁斥，卻也無法證明的時空，那裡有原始神，有天神，有神靈，也有神明和神佛，還有更多精神上的信仰。

我從小膽子就很小，經常都需要去收驚。收驚的方式很多，有拜神的，有不拜神的，有拿香的，有拿米的，有問神的，有不問神的，有卜卦的，有用替身小人的，有只傳女的，有男的也可以擔任的……可以是本人去收，可以拿衣服去收，被用米敲的，被用香打的，有用關刀砍的，有用唸咒的，有用念經的，需要吃符水和不需要用符水洗澡的……一個執行者和一個等待被執行的人，就像是一個醫生面對一個病人，醫生關懷病人境況，也許給病人未來的展望，病人因此神清氣爽，心寬了，煩惱也就忘，什麼事情就變得容易，那些符咒好像是藥。醫生的話似乎也是一種藥。病人全都是相信了，因為期待變好，更需要透過一種規範，一些原理原則和某些權威機構去驗證，病人才能相信自己的期待，相信自己有解決自己問題的能力。

我認識過一位阿公，他住在廟邊很小很窄的巷子。那些巷子多半高低起伏，可能是因為舊時港口，也可能是因為新的馬路比往昔的通道高，是因為時間沉積，還是因為地層下陷。在老聚落古廟旁的小巷子，時常都會住著舊日社會的醫生，他們可能精通某種病，精通身體經絡，懂得人體穴道，會辨識草藥，還有配藥草的能力。那樣的一位阿公，專治疼痛，病因有因為跌倒的久傷不癒，因為經絡走位，因為身體跟地球一樣有百分之七十是液體，永遠不知道跌倒會傷到什麼樣的部位，會影響到什麼器官，以致於會造成肌肉和神經產生什麼變化。阿公一看，他會叫病人去醫院檢查，他能處理的他才處理，他能夠讓經絡歸位，讓骨頭回位。他的小診間堆滿民俗療法的獎狀，他還有武術的獎狀，他已經九十幾歲還在為病人服務。他家有一天突然就大門深鎖，按了好久的門鈴也沒有人出現，阿公的鄰居說阿公再也不能幫人看病了。

有人說阿公得了重感冒，然後，故事就沒有了以後。

我小時候發過一次很嚴重的高燒，在家附近的診所都看不好，我父母親只好帶著我到一名八十幾歲的老醫生診所就診，老醫生一看，痛罵我父母親，我後來順利退燒，我母親常懷念那個救我一命的老醫生，她常想老醫生是否還在為病人看病？

我不知道自己的世界，原來有一天也會跟那些老醫生一樣。我喜歡吃的白脫糖幾乎消失在二十一世紀，水邊的穿山甲現在只住在山裡，大肚魚不會再出現於水溝裡，水溝全被加蓋，還成為無法與水路相連的一個個槽狀水溝。老聚落裡的湖泊成為垃圾場，後來又成為停車場。溪流的支流上蓋了房子，溪流河道也成為馬路。城市裡的鳥漸漸就只剩下加玲、大捲尾烏秋、珠頸斑鳩和麻雀。沒有空地可以烤地瓜，沒有地方可以捉迷藏。汽機車越開越快，自行車也在飆車，行人也在大馬路上急行。相機不再需要底片，所有電器都有微電腦控制，手機是觸碰式螢幕，到處都有網路，數位世界能夠處理所有現實世界的事物，包括書寫、聯絡、購物和尋人等等，全都可以自己處理。

我哥哥沒有來得及長大，他不知道我所經歷的世界，會跟他誕生的那個世界逐漸加速著巨大的差異。他出生的年代跟我父母出生的年代儘管還是有些許差異，跟我祖父母出生的二十世紀初也有更大的差異，但那些差異，正在從一百年的差別轉變成幾十年，然後是幾年，現在是幾天，也可能是幾個小時之間。

我還是會在受到驚嚇後，選擇去收驚，讓自己安心。喜歡在逢年過節回到老家，故意去走在百年前的紅磚通道上，被人誤認為是外國遊客。然後，我把我所知道的那些傳說故事都分享給我姪子和外甥的小孩們知曉。我還會跟他們說，他們沒見過的那些阿祖阿太們是些什麼樣的人，阿祖們和阿太們的生活又跟現代有什麼不同。老街還是一樣的，祖厝還是一樣的，橋樑也是一樣的，只有市場的位置不一樣，學校大門和圍牆不一樣，神社還是一樣的，古城殘餘的城牆也都還是一樣的，清朝所建屋厝的竹窗也是，但那些當官人家的祖厝早人去樓空，他們的醫生後代很早就搬離福爾摩沙到太平洋的另一端。

金髮碧眼的人不再讓福爾摩沙人感到害怕，或許身在二十一世紀，原本住在海邊的赤崁社人會選擇抗爭，他們會反對荷蘭人逼迫他們搬家，他們也許不會那麼快就撤往臺南的中西區、北區、東區和南區，他們會經過法律程序，會透過媒體輿論，會把自己的處境貼到網路上，要求全世界對東印度公司作出譴責。然後新港社人也不會南遷，目加溜灣社人還會住在關廟和龍崎，根本就不可能發生東印度公司對麻豆的戰爭，金獅島上還會有黑黑小小的原住民，他們可能會在二十一世紀經營所有往返小琉球的航班，然後賣小琉球細捲的麻花捲零食名產，並且把烏鬼洞點上五顏六色繽紛的燈光招攬客人，而那裡也根本不可能會被叫做烏鬼洞，而是原住民生態保留區。還有，還有……他們是否就會喜歡他們的一直存續，直到親眼看見這個瞬息驟變的二十一世紀？他們可能還是要搬遷的，因為滄海桑田。

他們熟悉的家鄉，那裡已經沒有他們習慣的魚類，沒有過去常見的動物。福爾摩沙澈底失去了美麗的雲豹，和近海原本多樣化的海底生態。他們也會跟現代的福爾摩沙人一樣，學會漸漸習慣了嗎？他們是否還能夠保有自己原本各社的特徵與文化，還是同化成如同現代的我？在早上喝豆漿或牛奶，想吃漢堡還是稀飯，穿T恤和牛仔褲，偶爾到海邊或是山上，那裡還是有許多奇異的風景，儘管失去了美人魚和各種妖怪，還是有垃圾堆太多後來清理之後變成的玻璃海灘、佈滿珊瑚藻礁的海灘、黃色細沙淹到膝蓋的海灘、曬滿貝殼的海灘、佈滿風化石塊的海灘、把岩石雕成豆腐和各種奇岩的海邊、礁嶼像是一棵一棵樹長在海上的海景、堆滿圓石的海灘和海浪像是鬼頭刀拼命往岸邊游的海灘等等。山上失去了一角獸、山靈精怪和野獸，還是有像饅頭的山，有像從雲裡長出仙島般的山，有像金剛猩猩的山，有像船帆一樣的山，有黑色發出閃閃金光的山，有不可以隨便踏入的山，有類似魔神仔和鬼一般的古怪情景，還是在山林裡出沒著，彷彿那山仍有古老樹靈、山神和不可知的力量，仍然存活在二十一世紀，成為城市以外的傳說，猶如海，那是另一種時空，是另一個世界，是地球以外的境域。

我曾經在高山上，因為快速移動而幾乎喪失知覺攤軟在山頂上。當我從高山生死一瞬間醒來的那一刻，我彷彿自己才剛誕生在地球上，在寒風呼呼吹過的百分之三十陸地裡，仍茫茫未完全脫離水的世界，也還不知道人體究竟是怎麼一回事。我在想什麼，倘若上一秒鐘，我已經不存在，那最後的想法，又會是什麼。

起風

人

那個地方住著一個少女，當然也有看過那是一個少年。就像海豚在海面上的躍身，月光下都可以想成女人的胴體，光滑冰寒的冷藍色。她作為一個少女，聽大家講著歷史上的福爾摩沙，用她熟悉的語言卻不一定是母語，那些人用大家習慣的語言卻不是母語，好像在說些什麼，例如惡作劇那種話，她聽得著迷，好像有許多人在講話，卻出現無所交集的那種本質上的靜默，明明有人開口，有發出聲音，卻沒有任何意義。大家看起來像是在跟她打招呼，她不知道是不是真的打招呼，因此無法回應什麼。不會說客家話的客家人請她去家裡作客，她聽不懂那人說的話。無法把閩南語說好又自以為閩南語是母語的那家人問她要不要參加社區晚會，她好像有聽見又好像對方什麼話都沒說。會一點北京話，會說一些閩南話，能聽懂幾句客家話的那家人，要她幫忙維持環境整潔，她不知道那家人指的是什麼，她又該怎麼做。有些說著南島語系卻以為是閩南語的人沒事就在她身邊唱歌。會說日語、北京話和南島語系的人看完颱風草，告訴她颱風就要來了。她不相信，她每次都看著低窪地區淹沒，然後什麼也無法說。然後有人告訴她，附近的海底火山可能噴發，有人說盆地上的休火山也許會甦醒，有人說漸漸只會有熱帶的夏天，有人還說地磁終將翻轉，有人說冰河時期會再出現。她都一樣，不知道那些人是在對誰說起，用什麼樣的語言還是音符，是在唱歌，還是自語般的喃喃。

地

急水溪、曾文溪和鹽水溪各自流入大海，臺南因此成為臺南，如蘭陽溪、冬山河和宜蘭河墜入太平洋，那樣的宜蘭就成為了宜蘭。福爾摩沙每塊沙洲般的行政區域都各自有河流向海，那些地方因此成為那樣的地方。變質岩上的河流發源地往東往西往地勢低的地方流動，那裡因此成為峽谷、山谷、河谷和群山匯聚的地方，所有福爾摩沙的南島語族都是水系部落，聚落都在港口邊、碼頭和渡口，他們隨時往外，也往更深山的地方走，也許總有一天會離開。假使這是個並非二十一世紀的世界，他們或許會像祖先那樣乘船，觀星象，祈禱祖靈的庇佑，沿著水的指引，如游牧民族在一座又一座海島，逃避由海上爬到島上的山蛸妖怪，尋找能夠安身立命的所在，然後總有一天還是會遷徙，因為地震、海嘯和大雨，船也許又回到原本狗叫聲破蛋而出的地方和貓叫聲破蛋而出的地方，那是太陽產下的兩顆蛋，在大武山上等孵化成人的時機。

時間

在已經失去時間的地方談論時間，就像是在梵天的夢境談論現實。鬼是失去時間的東西，福爾摩沙失去許多東西，因此只剩下鬼的存在。鬼的由來已久，福爾摩沙也存在很久很久，那就像是在還有許多食物可以食用的世界，尚還不需要去吃一尾不怎麼好吃的魚，或是有危險性的魚，可能覺得很珍貴而捨不得吃，有更多的理由讓人忽略福爾摩沙，直到有一天近海再也捕不到經常食用的那些魚類，也可能是遠洋變得危險，而那座原本沒看到，根本沒放在眼底過，時常視而不見，還是一直太過珍愛，原本是倉庫般的島嶼，是某種原因接近廢棄和放棄，是無法侵入的地域。只好鼓起勇氣，就像是面對醜陋的深海魚，只要可以食用，就去抓。

她從小到大聽過最可怕的鬼故事，是她家小孩告訴她的，說家裡二樓的和室，曾經擺放過一個穿著西班牙舞衣的女郎洋娃娃，沒有人知道那個娃娃的來歷，沒有人記得是誰買了那個洋娃娃，那娃娃很精緻，珍貴得需要用玻璃罩保護那個作著舞姿的洋娃娃。幾個小孩紛紛說起自己年幼的經歷……在和室裡曾經聽過腳步聲，那個娃娃的眼睛會動，在所有人都睡著的深夜有人還走著，那娃娃好像在笑，聲音從空無一人的客廳慢慢飄向和室……她以前沒注意過那個洋娃娃，那天聽完大家鬼故事的夜裡，她就睡在和室，和那群小孩睡在一起。其中一個高中生睡前對那洋娃娃恐嚇，高中生罵出三字經，高中生對洋娃娃說：如果娃娃起來嚇他，他就會把它丟掉。高中生說完，還轉頭對她一笑，然後說：沒事，這樣威脅它，它一定不會起來作怪。大家就那麼睡著了，睡得唏哩呼嚕的。就只有她一個人背對著洋娃娃，緊張得弓起身子。她儘管閉著眼睛，還是想到那些國中生、高中生說的腳步聲。她真的聽見好像有什麼聲音，又好像根本不存在的聲音，那些聲音像是一種磁力，看不見卻依然存在，感覺到所佔據的空間，就從空無一人的客廳，真的開始在移動，好像有窸窣窸窣聲，又幾乎萬籟俱寂。和室裡的打呼聲全都消失了，她瞬間感覺只剩下自己一個人躺在和室，樓下那驀然出現的無聲無形卻自黑暗慢慢往二樓移動。她無法不冒汗，她覺得和室的溫度漸漸升高，那裡彷彿就如故事裡描述的地獄模樣，又悶又熱，無風，空氣膨脹到像是沒有空氣，她的呼吸因此越來越急促，她的雙手雙腳都在發抖，她覺得那什麼都沒有的腳步聲，真的來了，來了，它來了。和室裡的娃娃感覺像盯著她的背部猛瞧。頃刻間，她眼角餘光真看見和室紙門外，原本通道小小一盞白光都變成地獄般的紅光，她嚇得再熱都要把棉被往頭上一蓋，她心中默念佛號，直到混濁的二氧化碳讓她睡去。

隔天一早，她滿頭大汗看著和室裡的一景一物一人，什麼都沒有改變，除了臉龐被黑眼圈襲上的她，每個人都還舒舒服服在睡覺。她把她家那些國中生和高中生痛罵一頓，沒事為什麼要在睡前講鬼故事。那些孩子癟嘴說：那些都是國小時候的事情，只是突然想到。她聽完，也就笑了一笑，然後再也沒有害怕過家裡有鬼，儘管上廁所的時候遇見黑夜裡的青光，她知道那是螢火蟲。她偶爾還是有聽到奇怪的聲音，她想過那些可能是喇牙，是不能打的大蜘蛛，有長長的細腳。她其實曾經在停電的時候，看過白色薄霧人形的影子從客廳晃入廚房，她很想說那是視覺暫留，但那夜卻只有她一個人在家，她只能認為那些東西都是自己家的長輩，要不然就是原本那塊土地上的遠房親戚。

很多人都跟她一樣，害怕也恐懼過，最後都習以為常。那些人搭船上了那座原本像是無食用價值魚類的島嶼，就像漁夫在漁船上終於決心釣起那尾大魚，於是魚上鉤了，魚一點都沒有反抗，魚一點一滴被吃下肚。那些吃魚的人並沒有說魚好不好吃，那些人也沒形容是如何烹煮那條魚的。直到城市郊區突然傳出有人面魚的鬼故事，那是一尾老婆婆魚，那魚開口問：魚肉好吃否。

事

她不知為何拖著一身疲憊來到這個世界上，他也是。開始有什麼事情，慢慢構築她還是他。她嚐過自己的糞便，因為不了解什麼是糞便。她妹妹還把糞便排在浴缸裡，就像船破洞露出的重油。他在玉米田裡成長，母親工作完，還忘記帶他回家。他小時候穿他大哥大兒子穿不下的衣服，然後他心不甘情不願就去教會領奶粉一小罐，他把奶粉都當零食吃，甜甜的奶香味和牧場裡的臭味無法連接。他去撿過牛糞，把炮竹塞在牛糞裡，牛糞噴出，一點都不好看。他想穿自己的衣服，所以他去批糖果賣給鄰居的小孩。他還去他四哥的電器行顧店，她也去電器行顧店。他小學畢業就被送到別的縣市當機車行學徒，他趁著颱風來臨前的夜晚，一個人偷偷從二樓窗戶慢慢往下爬，他身上的行李僅是一只書包，那裡面裝著的是他自己的衣服，他很寶貝，一次都沒穿過。他就那麼抱著他的行李，他不知道雨會越下越大，原本可以坐火車轉五分車回家。最後他一個人在大雨中淋雨沿著縣道回家，他一邊走一邊躲，還怕警察會帶他回機車行師傅的家。他後來在糖廠擔任修理機械的學徒，他四哥到中部工作的時候，把他也帶上了。他進了紙廠，才知道大家都在唸初中的補校，他也跟著去唸，卻老是不知道英文字母為什麼不好好長成一撇一豎，害他怎麼也寫不好。他在紙廠度過了他的年少，然後他做過焊接工，也修理過精密機械，他從無電腦的傳統機械做到有電腦操控的大型精密機械，他知道機械的脾氣，跟他喜歡的小狗一樣。他養過許多流浪狗，連同那些朋友養著養著就不想養的狗，那些狗都有點無法信任人類。他說機器一開始也是這樣的，只要按照規矩，然後適時給予關懷，就會跟狗兒一樣明瞭新主人的心意。她知道那是種循環，就像是電子迴路般，看不見的粒子形成這世界的萬物，儘管依照化學和物理定律，有些器具還是會突然失去作用。只要按照一開始的步驟，一個一個往下操作，那些迴路就會依序執行，彷彿真有迴路在某些根本沒有電腦的機器上。她就是那樣出現在地球上，他也是。開始有什麼事情，慢慢讓她還是他做上那些事，成為那樣的人。她讀了兩年公學校就畢業，她後來沒有嫁給自己的初戀，她賭氣嫁了她大哥屬意的下屬，那個人一直很喜歡她也愛護她，她卻怎麼也不明白疲倦的自己為什麼會出現在那時那地。

皮膚上隆起硬塊，原本小小的，並不感到痛覺，開始發現紅腫時，早已疼痛難耐，彷若水坑忽隆起一座火山。紫色紅色瞬間遍佈一肚子上的熔岩，反覆高燒噴發化膿景象，直到發炎情況漸漸平靜，她突然很想回家，回到她作夢時認為的，那真正的家。

是多少年後，再次踏上祖厝高起的水泥平台。伯公家的伯母熱心走在她前面，她伯母以為她是因為電視台報導，才回老家看看。

她伯母述說起某某大學某教授跟著電視台採訪的解說經過。「他們說保存相當良好，是整條街上唯一存在三進模樣，老磚塊都還在，就是怕雨水沖刷，如果有經費一定要修繕……」

她一轉頭，大伯父銜著她微笑，就站在過去曾作過豬寮、雞寮，後來成為外廚房的空地上，大伯父腳下踩著教授所說的清代紅磚，相當紮實如石頭，一旁的水泥碎塊則早就粉碎和起泥沙，散得一地灰灰景致就如大伯父的頭髮，灰灰短短刺刺長在宛如紅磚色的頭頂。她連忙催促年老痴呆的大伯父緊跟伯母進入內廚房。

伯母繼續回憶教授的說辭。「福州杉維持相當良好。」

她仍沒跟上伯母欣喜的介紹，直矗立在外廚房通往室內的甬道，忽驚覺入口是水藍色的木框，她不記得擺在門邊的小餐桌原來也擦著水藍色油漆，板凳原是一人座位，內廚房側邊的浴室竟設有木窗。

她問伯母說：「木窗外邊有河流嗎？」

伯母已經走入通往房間的通道，似乎沒聽見她說話。

她由木窗往外望，只有大樹和通往菜堂的小巷子，遠一些隔著堤岸以外是舊時港口上游的位置。她試圖想起，童年很常作過的夢，夢裡面的老家後方，曾有一座小丘，裡頭佈滿岩石、樹木，還有水聲嘩啦啦，夢中的她跟著水聲走，爬了數十塊岩石，才發現有一座深潭在山丘，那是小丘裡所有小溪與小河的源頭，夢中的她十分篤定認為著。

她伯母站在客廳，彷彿教授還在現場解說般，手舞足蹈說起：「廳堂是整棟建築最精采的部分……」

她記得夢裡面的村落是建在小丘中，隨著溪流走，村落裡的道路便怎麼彎曲，漸漸圍成一個圓。從高的地方繞到低的位置，有另一條小路可以接回小丘山林裡，幾隻穿山甲經過，鳥隻啪答啪達揮舞翅膀由昏暗瀰漫水氣的樹蔭飛出，小丘山林裡一片青綠色，油亮且螢光。

她不知道在夢裡跟誰說起：再見，再見，她要回家。

說完，沿著長滿青苔的岩石走，發現小丘的坡度並不高，就是有幾塊大岩石堵在那，感覺是被大量溪水衝進小丘中，有點難以攀爬。越過那幾塊高難度的岩石阻擋，她很快就回到她的老家。

「就在這裡，的確是在這裡。」

不知道是誰在夢中對她說過。

她因此更加好奇，持續走，由祖厝菜園走入祖厝房間，從廳堂走上前棟，那裡是伯公的房子，屋外則屬於清代時期保留至今的老街，沿著老街步行，她走向本來是港口的位置。嘩啦啦，她好像又聽見潺潺溪流聲，直從上游流入遠遠的海邊。

她伯母說完，對著退神後的老神主牌，雙手合十，低頭拜了又拜，才抬頭看老福州杉大樑和阿祖時期搭起的屋頂。

不可思議景象出現，阿祖竟然還站在梯上，用著上好木材修補阿太時期修建的廳堂。鋸木頭的聲音悶悶拉扯著，空氣中到處是樟木和杉木的氣味在飄，黃色木頭碎屑粉粉如微塵……誰用長竹竿去撥動透氣孔的那片瓦，讓光線從烏瓦縫隙灑落，映照夯土地板上一圈又一圈漣漪般，伯公也在一旁幫忙，阿祖也在一旁傳遞材料，兩歲的阿公則坐在木椅上，見人就傻笑，那模樣就如身旁的大伯父。

大伯父什麼時候走開的？廳堂又暗下，已經不知道哪一塊是透氣瓦。

只剩下她伯母站在廳堂像是在想事情。

好像還有人在爬木梯，有人油漆，有人在叫道誰要小心……原本熱鬧的聲音，都不過僅剩呼呼一道冷風，吹過幾聲回音。

「冷嗎？」

她堂姊夫曾經站在門邊，往祖厝廳堂問過這問題。

每次到她伯公家作客，她堂姊夫都會看見。他原本坐在沙發上感到些許不安，好似動物目光直從早已沒人居住的祖厝廳堂投射而來。思慮許多次，她堂姊夫鼓起勇氣，還是遲疑幾次踏步在她伯公家通往側廚房的紗門。那頭頂黑帽，左手拄著枴杖，皮膚好似夕陽籠罩紅磚的膚色，鼻子宛如鳥嘴，神情凝視前方的老人，他究竟是誰。

從側廚房走出，她堂姊夫端出一顆蘋果，懷抱恭敬的心，走入祖厝。「祢冷嗎？祢餓嗎？祢先吃蘋果。如果還餓，喜歡吃什麼再跟我說，我煮給祢吃或買給祢吃。」

她堂姊夫後來跟她們說：「那白色影子彷彿就是叔公，愛吃蘋果的叔公，祂一邊吃蘋果一邊看著我。我跟叔公說，我是祢哥哥的孫女婿。叔公好像立刻就知道我是誰了，祂好像在笑，一臉高興把蘋果吃掉，接著祂起身撕起牆上的日曆紙擦嘴，又看一看早就停止時間的時鐘，才又坐回綠色沙發椅上。祂後來說祂想吃香腸，祂還請我告訴我丈母娘，以後拜拜的時候要多拜點香腸。」

「我阿公去找伯公要食物吃？」難以置信的她問。

祖先仍在那裡，待在空無一人的祖厝中，徘徊早就退神的老神主牌旁，看現實世界的人來來去去。

「感覺被忘記了。」她堂姊夫說。

「不是已經都請到我家了嗎？」她六伯父問。

她伯公家的伯母一聽，當下趕緊煮一桌她阿公最喜歡吃的菜，再點上香，她對著應該什麼都沒有的神主牌說：「叔公，祢慢慢吃，下次拜拜，再準備祢喜歡的香腸。祢不要難過，祢不要害怕，祢的子孫都在這裡，祢要保佑大家平安。」

魷魚蒜、蚵仔煎、炒高麗菜、紅蘿蔔炒蛋和西瓜綿虱目魚湯一擺上，那時候的確感覺到祖厝還是原本的樣子。很多人都靠上去，她阿嬤點起圍爐的炭火在鐵刀木色大餐桌下，據說長得很美麗的阿太和阿祖拄著枴杖拖著孱弱的小腳一步一步從房間走出，各自讓頭頂上的翡翠珠花一閃一閃……還有五官深邃皮膚咖啡色的查甫（男的）阿祖，剛放下鋤頭，停在伯公家廚房外洗手。

那明明是很高大的阿祖，怎麼看起來好嬌小？

廳堂的大門低矮，陪她重新探訪祖厝那身形高大的伯母，幾乎就快要撞上。記憶中，她阿公從老家慢慢走出去，前方景致開始陷落。

她站的地方原本是小丘的雞油木旁？

由高起的平台走下，伯母轉進她熟悉的廚房，地點位在通往伯公家甬道右側，伯母端出香腸問她餓不餓。

還不大能吃些什麼的她搖頭，望著紫紅色皮膚下流動的景象平靜中，退燒的黑色火山範圍在縮小，正常的皮膚渴望復原。

拾回了什麼，真的終於回家。儘管有些陌生踏出平緩的老街，她好像還能聽見水聲……一抬頭，感覺仍能見到馬路盡頭鐵路旁市區原本的小山丘。

靠岸

他打從一出生就像是二〇一六年美國動畫片裡的毛伊，高壯的身材像是巨大的神木樹幹，寬闊的額頭則像是大海般遼闊，充滿法力般的茂密黑髮像是一座古老叢林盤據在他的頭上，眨呀眨的是，他充滿天真自然的可愛眼神，強健的四肢，和隨時想要探索這世界奧祕的腦袋。

他在另一個世界出生，喝另一個世界的牛奶，他的那個世界與動畫片的製作公司剛好來自同一個世界，他誕生滿月的時候才回到福爾摩沙，睜著他那又大又圓又黑的眼睛，好奇看著孕育他卻不是他的出生地，他是不是因此很常哭泣，帶著熟悉又是外來者的心態，懷著陌生又渴望駐留的心情。他的父親告訴他，他必須要在就讀國中的年紀，回到他出生的那個世界，他也許再也沒有機會回到福爾摩沙。他是不是提早開始害怕，驚懼著時光，總有一天會把那樣的日子帶到他的面前。

他一直都沒有什麼時間好好去認識，他父系血液下的傳說，太陽是陸地出現後，才誕生了兩顆蛋，百步蛇守護蛋的孵化，蛋變成了人類，人、蛇和太陽因此成為某種繼承的關係，逐漸在陸地蔓延上古留下的神話。

他只能用稚嫩的雙手拉著小提琴，儘管他長得就像是注定會成為英雄的模樣，深褐色的皮膚像是已經曬了幾萬年的太陽。那樣遙遠的太陽也許把蛋產出在另一座高山上，那裡也跟福爾摩沙一樣，有著熱帶雨林、充滿鹽分的海濱、擾人的蚊蟲、黏膩的潮濕、白茫茫的大霧、嘎然而止的溪流、驟然出現的泉水、滾著泡泡的泥池、水和火交融在一塊的地域、竹林密佈的丘陵、黑色頁岩的高山、森林裡的窸窣窸窣聲和鳥叫，以及林徑石塊下的排遺。

那裡還有滿地的倒地鈴青綠色果實，乾枯後的黃褐色果實會灑落黑色的種子，種子上有白色愛心的圖案，有些地方的倒地鈴不一定會產生白色愛心圖案的黑色種子，就像是橄欖樹不一定會結出愛心的樹葉。有些品種的橄欖樹特別容易產出愛心樹葉，有些卻很難長出愛心形狀的樹葉。也如同壁虎，有些品種會叫，有些品種只會靜默。漸漸的，福爾摩沙的壁虎都會叫了，那些壁虎乘著車南來北往，也就再也分不清濁水溪以北還是以南的壁虎才會叫。那裡也許跟福爾摩沙幾乎一樣，也可能完全不相同。在那樣的土地上，他的祖先會乘著獨木舟捕魚，用長長的繩子綁沉重的石頭砸魚，他們一樣會捕食鯊魚，當他們想捕鰹魚、鯖魚、章魚、大蝦、小蝦和螃蟹時，那些鯊魚不小心被釣起來，牠們被網子網住了，牠們的命運只能被砸昏，被淋漓盡致運用後宣判死刑。那些出現的鯊魚會被盡力運用，不管是在幾萬年前，還是幾千年前，或者是福爾摩沙島上，都是一樣的命運，一、兩隻混在漁獲中，然後從頭皮到魚尾都能運用，就連鯊魚牙齒也能做成飾品，從遠古到他活著的那個年代，基本上沒有什麼改變。

他因此央求他父親讓他去學游泳，儘管他不知道他祖母的祖先也是游泳高手，他們都擅長潛水，用長矛刺魚，用弓箭射魚，他們還在海邊圍堰，他們食用大海所供應的食物時，像是面對敵人又像是面對朋友。在南島語族的世界，當他們活著的時候是敵人，在死去的時候就會變成朋友。他們只取自己需要的食物，把小魚和抱卵的蝦蟹都丟回海中。

在太陽出現之前到大海捕魚，在太陽出現之後，回到陸地上，那裡有藥用植物和食用植物，他們會恭恭敬敬宰殺他們所飼養的豬隻，豬是無論活著還是死去的時候，都是他們最好的朋友。他們採收芋頭，他們也把芋頭獻給祖靈。他們依據日月星辰過著每一個季節裡的日子，然後依照時節蓋起能隔熱和避免潮濕的屋子，利用樹葉、茅草和木柱，造起高架的屋子、半地穴的屋子和地穴屋子。屋子中央有一圈石塊，石塊內有沙子，火就生在沙子上，角落裡則有食物和一大碗的水，祖先也住在屋子內，或者是在屋子下，也可能出現在角落，大而寬敞像是樹冠的屋子，有的可以一次容納四十個人生活。

他也許長大之後，會想要學習衝浪。而他最原始的祖先多多少少會衝浪，那些祖先早就摸透大海的脾氣，或許一開始還沒有陸地的時候，真有過人類的存在。在地球板塊開始分裂聚合之後，或是在板塊分裂聚合之前，能演化成人類的有頷魚，終於找到了陸地，在那之前，無頷的魚類以為世界只有海洋，再無其他景觀。那些陸地是被找到的，然後總有一天，海還是會吞沒陸地，像是保護小魚的母魚一口吞下自己所產出小魚，等到危險過去，那些母魚會吐出小魚，小魚開始長大，接著也會變成母魚，然後一口吞掉自己的孩子，等待危機度過。他的原始祖先在海洋中漂流多久，如果就一直那麼漂流下去，他們會不會死去？或者又變回有頷魚，然後是無頷魚，幾乎就變成魚類的模樣。那時候，也許陸地又被海洋一口吐了出去，有頷魚再度出現，能夠在陸地生存的生命也跟著出現，人類又從海洋回到陸地。像梵天的夢境，只要梵天醒來，世界就會歸零，一切從頭開始演進。

南太平洋毛伊的故事裡，原本大海中沒有島嶼，是毛伊釣起了許多小島，才讓各族的祖先得以生存下去。陸地是會消失的，那些祖先們相當害怕，他們認為毛伊釣起的島，也可能有一天又會回到海中，變成魚跑掉。火山、地震和海嘯不時威脅著太平洋海域中的各島嶼，就像他父親威脅著他，要隨時把他送到另一個世界。他把頭沉入游泳池中，才覺得安心，那裡無關乎外在的世界，在水下的世界唯一要注意的是，如何讓自己換氣，使自己能夠活下去。

他的原始祖先或許就是那樣，一邊擔憂著環境，一邊努力讓自己生活下去。

埋入土中，將中毒之人浸海水，利用推拿的技術，敷膠泥、動物的脂肪、鳥糞或植物的乳汁，就連研磨後的岩石石粉、木炭灰、蜘蛛網和尿液都可以當做藥材，後來那些智慧和技術都只存在於巫的腦袋。有一天，海就是不見了，原始的祖先找到內陸平原，戰爭把一群人分成一小群一小群的聚落，那些聚落必須離開，有的只好往更深山的地方走，有的拔山涉水到另一個內陸平原，或是到更遠的海邊，而那些遷徙山上的祖先，片段記得世界曾經有過大水，他們逃到高山，他們不知道什麼時候水會退，動物給了他們判斷的智慧，動物給了他們火種，動物引領他們走向能夠生活的地域，那裡是全然的陸地，只有溪水，有天池，有湖泊，再也沒有海。那樣的日子讓他們忘卻游泳的必要性，造船的需求，然後是對於海的情感。母親般的辭彙，就是海的名字。莫娜是海，伊娜是母親，mo的發音有自然的母性特徵，越原始的字詞，越只有單純的喉音，ma的聲音是原始海洋的名字，也是母親的代表。

部落間的戰爭是遷徙的主因，他的原始祖先有沒有想過再回到海上，聽海敲擊岸邊的聲響就像是海推著獨木舟撞上礁岩的聲音，啪，啪，啪，就像是血液衝往心臟的聲音，那一次次的重擊都震懾住人心，彷彿身體有什麼被突破，被瓦解，被拯救，還是澈底粉碎。他一直都很喜歡躲在游泳池中，靜止在池子的正中央，不上也不下，像是一尾睡著的魚，除非換氣，他像是青蛙一樣甩動四肢後，用力抬頭換氣，然後繼續下沉到池子中央，假裝自己是人工造礁，是沉沒的軍艦，是永遠到不了港口的商船，是古代的戰艦，是遠古的獨木舟，然後池子裡真有什麼就黏附在他身上，他再度換氣的時候，把那些微生物、皮屑、鼻屎和尿液都甩出池子外，像是被拖底網曳引過的珊瑚礁，珊瑚蟲、海葵和小丑魚全逃之夭夭。

他的原始祖先或許有部分早就走遠，有部分選擇留下，然後繼續養豬，相信神話故事，感覺到天界、人界和地獄的並存，卻誰也不能跨界，不能自由進出，就像光明界裡沒有黑暗，故事裡的黑暗界也沒有光明。他們的祖先始終活在人界，持續從海洋生活就形成的首領文化，會舉辦豐收的祭典，會有豪華的筵席，會讓族裡每個人都感到心滿意足的幾天日子，大家一起歡唱，跳舞，喝酒，吃豐盛的食物，感謝天神，請巫婆祝禱來年的豐收，展示各式各樣的禮物，穿傳統服飾，佩帶傳統飾品，過傳統的日子，等到祭典的時間結束，他的祖先又返回各自的小島，繼續養豬種芋頭的生活。而等到祭典結束之後，他的祖母則又會回到城市的早餐店，煮豆漿，烤吐司，炸油條，桿著蔥油餅，然後一心期待部落重要節日的到來。

巫還在部落裡，為婦人接生孩子，為孩子們看病，然後說天神才能聽懂的話語，卻不知道是哪一位天神所發明的語言，就像部落裡的語言又是哪一個首領發明的，所有人都只是繼承著那些人所說的語言，巫繼承了神所說的語言，然後人繼承了太陽和百布蛇的故事，太陽為什麼會生下蛋？太陽是鳥類嗎？百步蛇為什麼不會吞掉鳥蛋，反而把蛋當成自己的小孩守護？蛇和鳥在古老圖騰文化，幾乎是同一族群，那些族群都有神鳥的故事，有蛇會飛，有蛇有羽毛……鳥的祖先是恐龍，恐龍也是爬蟲類的祖先，蛇是爬蟲類進化得最完美的爬蟲類，就像鯊魚是魚類進化最完善的魚類。蛇是神祕的，天空突然出現的飛鳥也是神祕的，那些有著蛇還是鳥傳說的古老民族都喜歡白色。從中南美洲到東亞，由南島語族到北美洲。死去的弟弟復生為神鳥，從樹洞破繭而出，靈魂終於自在翱翔。女媧和伏羲是蛇身人首的遠古天神。婆鳥則是一種會守護孩子長大的神鳥。埃及有老鷹神也有蛇神。蛇能在大水中存活，象徵人類曾經由大水倖存，當抬頭能看見鳥的時候，就代表陸地出現。在鳥的指引下，在鳥銜火種的幫助下，遠古社會從此由海洋爬升到陸地，展開新世界的新生活。

他不知道他自己以後會怎麼樣，他害怕過，當他弟弟出生之後，他盡力想要像他父親那樣愛護他弟弟，甚至主動幫忙做家事。他父親還是要他國中的時候，就得離開福爾摩沙，去完成他父親沒辦法完成的夢想。

他祖母不希望他離開，擔心他會像是太早離開部落的年輕人那樣，不知道酒是快樂的時候才能夠喝，檳榔是祭典的時候才能吃，又叫又跳的時候，是因為太過高興。不只是福爾摩沙，就連密克羅尼西亞特魯克群島上的年輕人驀然就瘋狂喝酒，在街上喧鬧，每天狂笑後打架，然後跟年輕女子打情罵俏後，又紛紛醉倒……那些年輕人全都像是靈魂離開身體的無意識軀殼，隨便打壞別人的東西，欺負朋友，大聲哭泣，不斷咒罵，直到他們的身體再也撐不住後，倒下。那些被稱作是「罐頭內的無頭沙丁魚」，彷彿是被巫施法，被靈侵入身體，被作向，然後一具一具軀殼倒在路邊，就像是漂浮海上的屍體，那些傳說是飛巫的食物，那些南太平洋上的飛巫，猶如是福爾摩沙的番婆鬼，她們都被塑造是食人的女巫，是邪惡力量的化身。

他祖母拼命搖頭，巫不會那樣做。部落裡的巫會拯救那些可憐年輕人的魂魄，讓出竅的靈魂趕快回家……然後，然後，他祖母什麼都沒說。他一點都不喜歡他家，他喜歡賴在他祖母家中，他雖然聽不大懂他祖母的母語，但是在那裡，他感覺到自在，那裡就是家的感覺，有很多親人出入，有許多人談論他所不知道的山林世界，還可以想像自己打獵的模樣，儘管他才剛學習跆拳道，他連馬步都紮不好，他還是很開心，自己如果是祖先，他是否會打到山豬，他能否獵到山羊，他會烤魚嗎？利用溪邊的材料，木材、石頭和樹葉，他聞過烤魚的味道很香，一天中，一群人吃著一尾肉還保有肉汁的烤魚，然後小心處理掉那些剩下來的魚刺、燒焦的石頭、灰燼和葉子，以避免留下不好的運氣，然後期待下次的好運。

他們全家一起搭船出遊的那天，他暈了船，不知道是太過於興奮還是恐懼，是天生體質所致，或是忘掉遠祖的懲罰，他趴在船邊已經吐了好幾回，還是睜著又大又圓又黑的眼睛拼命看，好不容易才能瞧見的海洋景色。

在福爾摩沙，除非是漁民，或是經過申請然後法律許可的人才能夠上船，除此之外，就得以遊客的身分搭船，經過許久的奔波和折騰，才得以親眼所見海浪一波一波規律跑在船的身邊，就像是真有海豚在跟著輪船。遠遠的海面上有銀色的光在跳躍，有人叫道：是海豚，是海豚。他就那麼死命利用船去支撐自己吐到虛弱的身體，他明明練了那麼久的游泳和潛水，他應該很習慣水的世界，然而他還是暈船了，把自己吐了半死，勉強由他母親扶下船後，他還昏沉沉在站也站不穩的陸地上，依舊感覺到海水打著船身顫抖的模樣。

他父親瞪了他一眼，牽起那個小他很多歲的弟弟，直往餐廳裡走去，那是離島的一家鄰家口味的餐館，老闆親切端出許多道地海鮮，就等客人坐定，開始大啖海洋的美味。他吐得胃都空了，望著桌上一道又一道的魚，那些看起來就像是一波又一波的海浪，他旋即又吐了。當他母親夾起龍蝦，當他弟弟啃著蝦子，當他父親咬著螃蟹，當他望著那一隻隻的魚，他們都像是船，更像是獨木舟。那些船舟上的人，全依賴著船隻漂流在海洋上，好久好久以後才找到陸地，他們把豬隻趕上岸，也看見老鼠衝出船艙，那些植物和作物的種子瞬間隨風飄散在福爾摩沙，他的祖先又驚又喜踏上土地，卻從此被困在那座島嶼，直到記憶中只剩下溪裡的魚。那些魚生活的地方，是只能靠步行才能深入的高山野溪。他的祖先只好一直走一直走。在大武山居住的所有祖先，不再能說出海中有多少精靈，只記得每一種靈魂都帶有馬那，馬那因此成為自然界最神奇的力量，同時也是祖靈，是法術。最後，連馬那都忘記了，更別提世界的四大神祇也被遺忘。那些以ta開始發音的神祇，分別為創造神（同時也是太陽神和生殖神）、戰爭神、雨神和土地豐收神的故事，從福爾摩沙的新港社和頭社，至玻里尼西亞的村落皆存在，卻再也無法有人說得清那些神祇的來歷。他眼前的魚是一艘艘擱淺的船，船出發的港口，還有黑糖糕供在媽祖廟，等那些船平安為回家。他真的能夠吃下那些魚肉嗎？他覺得自己忽然間好像變成魚，是長得就像是一尾黑鮪魚般，是一尾大魚正要吃起小魚，然後一切理所當然，把變成糞便的魚排泄而出，在船邊面向海洋，還是在陸地上。

他父親突然對他大吼，他整個人晃了一下，趕緊扒飯，然後把魚肉送進嘴裡，完全不知道魚的滋味，他一直吃一直吃，直到他們全家離開餐館，他又在水溝邊吐了，他父親給他一記好大的耳光。他驚嚇的目光裡，有更為茫然的疑惑，關於他為什麼在那時那地，成為那樣一個孩子，有那樣的父親，然後在那樣的地方，緩緩思索起那樣的自己。

他回家後，他那西拉雅的外祖父為了他的事情跟他父親吵架，他外祖父把他帶回福爾摩沙的南部，然後問他餓了嗎。他搖頭。他外祖父對他說：還是喝點魚湯，他阿太最會煮魚湯，只要喝了魚湯，什麼毛病全都會不見。車子一路往南開，離海邊越來越近，那裡有海邊石頭做成的裝置藝術，有漁民畫的魚，還有漁村藝術家畫的人，頭都大大的，眼睛也大大的，就像他的長相，也像是復活島的摩艾，他看著看著累了，也就在車裡睡去。

他醒來的時候，人已經在他外祖父家。那時，他外祖父剛從冰箱拿出冷凍的虱目魚肚，一打開包裝散出一絲絲未煮熟之前的魚腥味。他外祖父說：得靠薑絲壓住那魚裡血液的味道，還需要用點酒讓魚湯具有療效，同時也能美味那魚湯，然後一撮鹽灑下後，攪拌，一鍋虱目魚肚湯就能上桌。他外祖父呼喊他上餐桌吃飯的時候，他模模糊糊揉起仍然惺忪的雙眼，望著桌上那虱目魚肚富含油脂漾著油光在湯上頭，就像有風正吹過海面。

後記

祖母從菜堂回家後跟我說：人不會停止在這個世界，生命會繼續往前走。

哪些生命是我，是他，還是她，或者是他們和牠們，萬事萬物都有可能是自己，是他者，是生活裡的每一次交集和糾結的緣分。那些因果在南島語族的世界，就像是鏡子裡的虛體，待在那樣的現實要多麼努力，才能航向真正鏡子外的真實。生活，是世界上每一段生命致力書寫自身的記錄。

遠洋漁船歸港的時候，清掉的是底盤水門貝類和蟹類的前生，牠們掉落的海面，是陌生的未來。有時未來，像是漁船防鏽和除電蝕的厚重金屬片，一點一滴犧牲消失在海水中，被保護的，是凌晨三

點起床的漁船工作人員。他們的前生在下船的時候，會一一黏附在他們各個拿回的護照上，而他們的未來還飄在海邊媽祖廟裡，在那些尚未請回的旗子與護身物。

上船，返港；離岸，落地。

因此每一天，她或者是他仍在山或海的邊界行走，那些地域原本全都是海。就地殼地質而言，則山有部分是海，海有部分是陸地。他或者是她，仍在從未存在過的福爾摩沙，應該說是不完整的福爾摩沙，無論如何那是一座漂亮的島嶼，就如福爾摩沙的原意。他和她都看著……像水裡的石斑，石斑有七條黑色橫帶，以石頭上的藻類、水生昆蟲與有機物碎屑為食物，那也是一尾尾美麗漂亮的生物。

他就像是石斑謹慎游過，又一處林野，小心踩過那些枯枝落葉的毯子，與蘚類所編織的圖畫，以免驚動那些發出窸窣窸窣聲，又一群美麗漂亮的動物。苦花也是美麗漂亮的，牠們小心翼翼游過那些石子編織的美妙地毯，和美好的藻類食物緩緩打起招呼。等吃飽喝足轉身時，魚肚白像鏡子把陽光都反射成水面的螢火蟲，一閃一閃，那景致很美。苦花得趕緊走開，以避免美麗鳥類的攻擊。閃爍著美妙光影的溪哥仔平常也盡量黯淡，為了求偶，牠們不得不化身為水裡的紅貓，以鮮豔的華服，優雅在水中漫步，但貓不喜歡水，溪哥仔也得小心那些守在水邊的獴貓。淺流和淺瀨裡，有狗甘仔、石貼仔和三角鉤仔，或爬或游在美麗的石子間。他也是或爬或攀在美好山林野溪中，好不容易能夠喘口氣了，他總覺得林子裡有什麼在移動，美好的，也可能是不美好的。擁有美妙姿態的熊類怕人，山貓和石虎斷不會自投羅網，福爾摩沙最美的山林精靈雲豹已經消失了。他害怕，那是一個正執行非法事情的人類，他必須快步躲開，跑得就像是隻黑熊，也像是獼猴在樹林跳。

他大概知道那些人想做什麼，但是他無能為力阻止，他不知道自己為什麼連一點辦法都沒有，那樣子的他宛如是森林裡最低階層的動物。但是他想咕咕叫，像隻貓頭鷹去警醒森林裡的人和動物。他終究離開，坐上汽車，回到柏油路世界的那當下，他必須要去領錢，他才能夠去加油站加油，他還得採買生活用品，他應該要去繳手機費用……郵局裡也許有他的信，雜貨店裡的餅乾喚起他現代生活的記憶。他轉身步出所有人的視線範圍後，沒入山林裡的他，彷彿又回到另一個世界。

他走了進去，美好的萬事萬物好像還在某一時刻某一地點，然後像隻傳說中可愛神獸或精靈類的巨靈守在古老巨大樹洞的裡面，他只要走進去就能夠看見，那美好一如祖先所說的真正世界正沉睡在一座島上，島則浮在水面上，水灌滿整個古老巨大的樹洞。只有島是漂浮著，那美好傳說宛若淨土般的世界也是漂浮著，那樣世界裡有許多船正緩緩靠近，無波無浪般就像是最美的夢境，那也是他的夢境。他的夢裡也有船，船最終到達了小島上的陸地，他在那島上找了好久才發現另一個世界的存在，就像發現藻礁原來不是珊瑚礁，而是珊瑚藻所造成的礁體，那是藻類所製造的生物礁，並不是常見的珊瑚蟲生物礁，那一切是多麼美妙。

他（她）以為自己早夠瞭解原本的故鄉了，就像明瞭他（她）自己一樣。然而他（她）終究是誰，他（她）在什麼樣的家庭成長，他（她）又是來自怎樣的家族，他（她）帶有何種基因血緣，他（她）自身是否能夠透過科學和考古去探究，也跟著一群人去思索去猜測：他（她）的每一天、他（她）經歷過的生活和他（她）個人的歷史，在那些美好與不美好的所有中，也許能斷斷續續找回祖先所嚮往的那一絲絲真實。

mare，痲躪，拉丁文：海，他們是一群始終離不開海的痲躪者，海洋的一部份，marine。

公元前五世紀，神早就離開人的世界。據說人原本能活萬歲，後來是千歲，然後只剩下百歲，那樣的變化猶如是遠古天神和西王母生命的差距，是東王公和現代人類年紀的差異。最後世界上，彷彿只有人類存在。人還是很想念神，因此在古代留下許多奇異的巨大雕塑。世界七大奇蹟之一奧林匹亞的菲迪亞斯宙斯像曾經榮耀在希臘神廟，最終只剩下石塊和灰泥散落荒地。很久很久的從前，海神波塞頓嚮往宙斯的世界，渴望回到陸地，他的憤怒是海嘯是地震，但他也曾是盡責的海神，用三叉戟找出清泉，澆灌大地。

釀奇幻42　PG2381

麻蹤者與海

作　　者　跳舞鯨魚
責任編輯　喬齊安
圖文排版　周怡辰
封面設計　劉肇昇

出版策劃　釀出版
製作發行　秀威資訊科技股份有限公司
114 台北市內湖區瑞光路76巷65號1樓
電話：+886-2-2796-3638　傳真：+886-2-2796-1377
服務信箱：service@showwe.com.tw
http://www.showwe.com.tw
郵政劃撥　19563868　戶名：秀威資訊科技股份有限公司
展售門市　國家書店【松江門市】
104 台北市中山區松江路209號1樓
電話：+886-2-2518-0207　傳真：+886-2-2518-0778
網路訂購　秀威網路書店：https://store.showwe.tw
國家網路書店：https://www.govbooks.com.tw
法律顧問　毛國樑　律師
總 經 銷　聯合發行股份有限公司
231新北市新店區寶橋路235巷6弄6號4F
電話：+886-2-2917-8022　傳真：+886-2-2915-6275

出版日期　2020年4月　BOD一版
定　　價　260元

國|藝|會 本書由財團法人國家文化藝術基金會贊助創作
NCAF

國家圖書館出版品預行編目

麻蹦者與海 / 跳舞鯨魚著. -- 一版. -- 臺北市：
釀出版, 2020.04
面； 公分. -- (釀奇幻 ; 42)
BOD版
ISBN 978-986-445-384-9(平裝)

863.57 109003016

讀者回函卡

感謝您購買本書，為提升服務品質，請填妥以下資料，將讀者回函卡直接寄回或傳真本公司，收到您的寶貴意見後，我們會收藏記錄及檢討，謝謝！

如您需要了解本公司最新出版書目、購書優惠或企劃活動，歡迎您上網查詢或下載相關資料：http:// www.showwe.com.tw

您購買的書名：________________________________

出生日期：________年________月________日

學歷：□高中(含)以下　□大專　□研究所(含)以上

職業：□製造業　□金融業　□資訊業　□軍警　□傳播業　□自由業

□服務業　□公務員　□教職　□學生　□家管　□其它_____

購書地點：□網路書店　□實體書店　□書展　□郵購　□贈閱　□其他

您從何得知本書的消息？

□網路書店　□實體書店　□網路搜尋　□電子報　□書訊　□雜誌

□傳播媒體　□親友推薦　□網站推薦　□部落格　□其他__________

您對本書的評價：（請填代號　1.非常滿意　2.滿意　3.尚可　4.再改進）

封面設計____　版面編排____　內容____　文／譯筆____　價格____

讀完書後您覺得：

□很有收穫　□有收穫　□收穫不多　□沒收穫

對我們的建議：________________________________

____

____

____

請貼
郵票

11466
台北市內湖區瑞光路 76 巷 65 號 1 樓
秀威資訊科技股份有限公司 收
BOD 數位出版事業部

（請沿線對折寄回，謝謝！）

姓　　名：＿＿＿＿＿＿＿＿　年齡：＿＿＿＿　性別：□女　□男

郵遞區號：□□□□□

地　　址：＿＿＿＿＿＿＿＿＿＿＿＿＿＿＿＿

聯絡電話：(日)＿＿＿＿＿＿＿＿　(夜)＿＿＿＿＿＿＿＿

E-mail：＿＿＿＿＿＿＿＿＿＿＿＿＿＿＿＿